W0410851

EL VAIXELL DE VAPOR

¡Esfuma't, Gaudenci!

Maite Carranza

Il·lustracions de Teresa Martí

editorial cruïlla

Primera edició: novembre de 1993
Setena edició: abril de 2001

Direcció literària: Montse Ingla Mas
Edició: Gemma Lienas i Massot
Il·lustracions i coberta: Teresa Martí

© 1993, Maria Teresa Carranza
© 1993, Editorial Cruïlla
Balmes, 245 - 08006 Barcelona
editorial@cruilla.com

Comercialitza: CESMA, SA
Catalunya i Balears: tel. 936 308 400
fax 936 308 750
cruilla-cesma@ediciones-sm.com
C. Valenciana: tel. 963 498 087
fax 963 474 836

ISBN: 84-7629-806-4
DL: M-14.499-2001
Imprès a Espanya / *Printed in Spain*
Impremta SM

Prohibida la reproducció total o parcial d'aquest llibre a través de qualsevol mitjà (electrònic, mecànic, informàtic...), sense el permís previ i per escrit dels titulars del copyright.

A en Marcel.

1 *Maleïdes vacances*

TOT COMENÇA i tot acaba i les vacances no en són cap excepció. Després de dos mesos de viure als llimbs, en Gaudenci es va adonar, amb sorpresa, que el nou curs era a la cantonada i no va tenir cap més remei que connectar-se els cables a corre-cuita.

El dia abans del començament de curs, la casa d'en Gaudenci semblava una olla de cols. La mare cosia bates, el pare netejava bambes, la Càndida trucava desesperadament a les amigues, la Lucil·la remenava calaixos buscant una aranya dissecada i en Marcel·lí marranejava com un porquet.

A en Gaudenci no li havien encomanat aquesta febre de la tornada a les aules, però resultava difícil no compartir el nerviosisme col·lectiu perquè la seva germana gran, la Càndida, es va estar penjada del telèfon tota la tarda i li va posar el cap com un timbal amb els seus crits histriònics. La Lucil·la, amb nou anys i moltes energies, feia un soroll de mil dimonis encabint dins de la seva cartera pedres, llaunes, marietes en formol, petxines amb burilles, xapes de tònica i tots els records d'estiu que arreplegava. En Marcel·lí, el petit, que estrenava escola bressol i ensumava la novetat, es regirava dins del parc com un minipimer i es manifestava a la seva manera llançant els elefantets de goma al mig del menjador i bavejant la paret com un cargol.

En Gaudenci estava atabalat. Tothom tenia coses a fer excepte ell. Per preparar-se la motxilla no hi va estar ni deu minuts i un cop feta no va saber què fer-ne. Se la va emprovar, la va sospesar i va fer recompte de bolis. Era molt trist. Era l'únic de la família que no sentia cap frisança per reprendre la normalitat, potser perquè no havia tingut cap sensació d'anormalitat o potser perquè no sentia cap il·lusió concreta per veure els nens de l'escola.

En aquells moments hauria donat una mà sencera per ser tan simpàtic com la Càndida, tan plom com la Lucil·la o tan estúpid com el petit Marcel·lí. Però ell era simplement en Gaudenci. Tenia dotze anys, tres diòptries d'astigmatisme, una llitera rovellada d'on queia sovint, tres màsters de l'univers que no es mirava mai, muntanyes de llibres rebregats i tacats d'oli, i no tenia cap aventura per explicar als amics després de dos mesos de vacances.

¡VET AQUÍ el problema!

¿Què dimonis podia explicar ell sobre les maleïdes vacances?

Era el seu problema, és clar, segur que cap altre nen del món no tenia aquell problema tan idiota. Aleshores ell devia ser molt idiota, que el fes patir una cosa tan idiota com això de no saber què explicar d'una colla de dies que serveixen, sobretot, per poder explicar coses a tothom.

Va fer memòria: havia anat a la platja quinze dies. El mar estava atapeït de turistes i la sorra cremava, la mare l'havia empastifat amb tones de crema fastigosa i el pare havia portat unes raquetes de bàdminton per jugar. El primer dia, en Marcel·lí es va menjar la pilota i no hi va haver joc; el segon, el pare va caure damunt d'un alemany i li va trencar el dit petit del peu; el tercer, la Càndida li va prendre la raqueta i li va dir que era un patata; el cinquè, es va menjar un gelat; el sisè, van anar al minigolf i va encertar un forat; el setè, van sopar una paella en un restaurant, però van haver de marxar i anar d'urgències a l'hospital perquè la Lucil·la es va ennuegar amb una gamba; el vuitè i el novè, va ploure i van fer una partida de la brisca, una de dòmino i una de l'oca, i ell sempre va quedar l'últim; el desè, es va equivocar de tovallola i un anglès li va donar una puntada de peu; l'onzè, es va comprar una gorra de beisbol molt xula i se la va deixar a la carnisseria; el dotzè, van llogar un patí aquàtic i va patir una rampa a la cama esquerra durant dues hores; el tretzè, el van obligar a anar a un festival de pallassos amb la Lucil·la i va passar molta vergonya; el catorzè, van fer les maletes, i el quinzè, de tornada, van passar molta calor al cotxe perquè es van quedar quatre hores penjats a l'autopista.

El pare el va cridar per posar les tovalles. Per acabar-ho d'adobar tenia espinacs per sopar. ¡Puahhh! A taula, la Càndida no callava.

–He explicat a la Febrònia Fivaller l'aventura de l'onada i ha quedat de pasta de moniato. Demà li explicaré la del cine, la del suec amb insolació i la del bocata de salsitxes.

En Gaudenci es va empassar els espinacs de cop.

–¿Quina aventura de l'onada?

–Burro, aquella tan bona, ¿no te'n recordes? Una onada gegant que em va arrossegar centenars de metres i vaig perdre el biquini i no podia sortir de l'aigua, i la mama em va venir a buscar amb la tovallola, i estava ple d'alemanys que em miraven, i n'hi havia un amb el banyador del Popeie i una piga a l'orella que va nedar quilòmetres fins que va rescatar el biquini i me'l va portar, i em va preguntar com em deia i em va...

–¡I jo vaig estar a punt de morir-me per culpa d'aquella gamba! Va ser molt emocionant, em vaig posar blava i groga, i el papa em tenia cap per avall i treia el mocador per la finestra, i la mama conduïa com una fiti i en Marcel·lí plorava.

La Lucil·la se sentia eufòrica, la Càndida estava radiant, en Marcel·lí dormia, i somiava que s'empassava sorra, i el pobre Gaudenci se sentia molt desgraciat.

En Gaudenci va donar més voltes que un ventilador dalt de la llitera. Va triar, remenar, recordar, però res:

No tenia res a explicar.

Era un nen sense vacances.

Va somiar que les vacances es reien d'ell i li regalaven una carbassa vestida de tortuga Ninja.

–¡He suspès les vacances! –va somicar en Gaudenci mentre amagava el premi, mort de vergonya. Aleshores els amics el castigaven a recollir les pilotes de futbol que queien al pati dels petits i els alemanys li feien escriure a la sorra de la platja: «No em sé divertir a les vacances», mentre la Càndida li pegava amb la raqueta, en Marcel·lí el bavejava i la Lucil·la, convertida en gamba, se'n reia.

Al matí, quan la mare li va pessigar el dit del peu perquè es llevés, en Gaudenci s'hauria volgut fondre.

Havia arribat el dia fatídic.

Es va beure la llet tan lentament com va poder, es va raspatllar les dents tres vegades, es va netejar les ulleres amb lleixiu per fer temps i va fer veure que s'havia deixat l'esmorzar per endarrerir-se. Quan ja no va tenir cap més excusa va fer el cor fort i va sortir al carrer.

El carrer era ple de nens amb vacances, amb la motxilla plena d'aventures sensacionals.

En Gaudenci era l'únic que només arrossegava els bolis i les carpetes. De fet era un nen a qui mai no li passava res, les úniques aventures que coneixia les havia llegit als llibres. Si fos un nen de llibre, en comptes de ser en Gaudenci, segur que hauria passat un estiu superguai, que faria espaterrar els amics i caure de cul la senyoreta.

De sobte, en Gaudenci es va aturar al mig d'un pas de vianants. La Lucil·la li va trepitjar el peu i la Càndida el va empènyer endavant.

–¡Vinga, tòtil!

¡I és clar! ¿Com era possible que no se li hagués acudit abans?

¡Es fabricaria unes vacances!

¿Oi que es fabricaven cotxes, cases, Chabels, sabates i escoles?

Doncs ell, en Gaudenci, es fabricaria unes vacances a mida, plenes d'aventures i molt més emocionants que la *Guerra de les Galàxies.*

–¡Òndia! ¡Sóc sensacional! –es va dir en Gaudenci, amb el somriure posat.

Tenia exactament tres travessies i dos semàfors per fabricar-se unes vacances com cal. Però això, per a un noi de dotze anys, és infinitament més fàcil que menjar-se una hamburguesa amb quetxup.

EN GAUDENCI havia d'inventar-se unes vacances sensacionals en cosa de deu minuts. Calia que fossin farcides d'aventures, amb imatges de cinemascope i banda sonora del *Setè de cavalleria*. O sigui, de cine.

Hi havia un petit problema. Si explicava que havia anat de safari a Tanzània o a fer trekking al Tibet, tard o d'hora descobririen que era un mentider. No afinava gaire en geografia.

Tot d'una es va trobar en Jordi Jardinet que venia esbufegant des de l'altra vorera per atrapar-lo. Com estava estipulat, es van picar les mans mentre cantaven:

¡Neutrons en òrbita,
ions matxucats!
¡El curs atòmic,
l'escola ha fet esclatar!

Era el seu himne de guerra i, malgrat que no havien practicat gens durant dos mesos, el van recordar perfectament.

En Jordi Jardinet, acabada la cançoneta, va fer un somriure triomfal i va insistir perquè en Gaudenci mirés dins de la seva cartera. Es veia d'una hora lluny que es tractava d'un secret molt particular. Era un secret de vacances.

En Gaudenci hi va veure una boleta blanca i peluda que es movia inquieta entre els bolígrafs, els donuts i les carpetes.

–¡És un hàmster! ¡És la meva mascota! Ha estat el meu animal de vacances i hem passat la tira d'aventures junts.

En Gaudenci va aixecar el cap, desolat, i va continuar el seu camí fet un entrepà, entre en Jordi i les seves germanes. No sabia què dir ni què explicar-li. En Jordi, evidentment, estava estarrufat com una gallina i caminava amb pas solemne, agafant amb orgull la motxilla. Sabia que el seu hàmster causaria admiració i per això l'hi havia ensenyat.

–¿Com t'han anat les vacances?

–Superguais –va contestar en Gaudenci amb un filet de veu.

EREN JUST davant la porta de la vella escola i un munt de nens i nenes cridaven, s'empentaven, reien i s'explicaven històries. Els seus compis de curs eren dalt de tot de l'escala i els van rebre cantant el seu himne de guerra. En Gaudenci tenia els segons comptats. O se li acudia alguna aventura o tot el curs seria un miserable nen sense vacances.

La Lucil·la i la Càndida el van abandonar i, en aquell moment, mentre posava el peu al primer graó de la fatídica escala, li va venir la inspiració. De lluny se sentia un lladruc. Era un gos cridaner de balconada que s'esverava en veure tantes criatures juntes.

¡VACANCES amb gos!

Era infinitament més emocionant un gos que

un hàmster escarransit. No hi havia color. Un gos com el Rin-tin-tin, que ensumés els venedors de drogues, mossegués turistes borratxos i salvés franceses mig ofegades. Un company ideal per explorar, per perdre's, per compartir una poma mossegada i per entrar en una esgarrifosa casa abandonada plena de fantasmes.

Cada graó li donava una nova idea, i en arribar dalt de tot ja tenia la seva història.

–Ostres, Denci, portes ulleres de veterà.

En Gaudenci es va recordar que les hi havien fet noves a l'agost. En Marcel·lí havia esmicolat les velles amb el martellet del picafort.

–Sí, tio, me les vaig carregar quan vaig anar de cacera amb el meu gos.

–¿De cacera?

L'Ernest Sopafreda de seguida el va convidar a un xiclet. Allò funcionava.

–Sí, vaig sortir a caçar un porc senglar molt salvatge i quan el meu gos el va encalçar al torrent del Diable es va regirar, ens va atacar ferotgement i va estar a punt d'enxampar-me, però el meu gos em va defensar i entre els dos el vam deixar fet una coca.

–¿Quin gos?

En Lluc Mantega era molt escrupulós i sempre volia saber tots els detalls.

–El meu gos llop.

Es va sentir un xiulet d'admiració, i aviat a en Gaudenci li va faltar l'aire. Tots s'empentaven per ser al seu costat i saber detalls de la novetat.

Cap d'ells no tenia un gos llop.

–Només em fa cas a mi i l'he ensinistrat aquest estiu mentre la família s'avorria a la platja. Ens han passat coses increïbles.

La Martona Martí, que duia tres rodets de fotos polaroids de la seva tenda de campanya, va voler documents fiables.

–¿Portes alguna foto?

–No se li poden fer fotos. Ataca la càmera i el fotògraf.

–¿Com es diu?

En Gaudenci va dubtar. Calia posar-li un nom contundent, res de cursilades com Tobi o Cuqui.

–Llamp Atòmic.

–És un nom massa llarg per a un gos.

En Gaudenci estava inspirat.

–Jo li puc dir Llamp o Tòmic. Quan em va venir a salvar, perquè havia naufragat amb un patí al mig de l'oceà, només vaig cridar Tòmic i em va sentir. Va nedar quilòmetres fins a trobar-me i després em va arrossegar fins a la costa. Si no arriba a ser per ell, la dinyo.

A en Jordi Jardinet se li havia glaçat el somriure feia estona. Comparat amb el Llamp Atòmic el seu hàmster Cotó Fluix era una bèstia ridícula.

EL CURS començava esverat. En Gaudenci s'havia engrescat i havia fet del Llamp Atòmic el nou heroi de l'estiu, ningú no tenia orelles per al profe. A la classe tots frisaven per l'hora del pati i per sentir les meravelles que els explicaria en Gaudenci. El profe els va donar un cop de mà.

–Ara escriureu una redacció d'una plana. Tema: «Les meves vacances.»

EN GAUDENCI va fer anar el boli com una metralladora i, cofoi, va lliurar el seu full. El títol de la redacció: *El Llamp Atòmic i jo.*

Evidentment els seus companys allargaven el coll per llegir la dubtosa cal·ligrafia d'en Gaudenci.

El profe el va felicitar.

–Ja veig que has passat un estiu molt emocionant. Ens has de presentar el teu gos, el Llamp Atòmic.

En Gaudenci va envermellir com un pot de tomàquet fregit.

–És que és molt perillós –va quequejar.

–Era una broma. Au, al pati.

AL PATI va passar allò que en Gaudenci havia temut quan el profe va tenir la seva genial pensada.

–Gaudenci, volem conèixer el Llamp Atòmic.

–Òndia, Gaudenci, convida'ns a berenar aquesta tarda.

–Gaudenci, si em deixes tocar el teu gos et deixo tres dies l'avió teledirigit.

En Gaudenci s'havia ben entrampat.

–És que... la mare dirà que és un merder i...

–¡Ja ho sé! –va exclamar la Martona Martí–. Fas una superfesta pel teu aniversari i ens fas una exhibició de totes les virgueries que sap fer el Llamp Atòmic.

En Gaudenci volia posar-se a plorar. ¿Qui li manava néixer a l'octubre i tenir aquella bocota tan grossa? No va tenir cap més remei que acceptar la proposta.

–Està bé –va murmurar a mitja veu.

EN GAUDENCI no es podia queixar gens del seu començament de curs. Havia estat l'estrella del nou grup. Tanmateix li quedava un bon tràngol. Havia d'aconseguir un «Llamp Atòmic», fos com fos, en vint-i-sis dies. Si fracassava hauria de canviar d'escola.

–¿Com han anat les vacances, Gaudenci, maco? –li va preguntar, amb veu ensucrada, la mare d'en Celdoni Coscoll.

–¡De gossos! –va contestar en Gaudenci, de mala lluna.

2 *Aniversari feliç*

NINGÚ no li va cantar l'*Aniversari feliç*.

Va obrir primer un ull, després l'altre i els va tornar a tancar immediatament. Estava esperant que, com cada any, el despertessin amb la música de l'*Aniversari feliç*. Mentrestant es feia l'adormit.

–¡Gaudenci, lleva't d'una vegada!

Se sentien els crits de la Lucil·la i la Càndida que es barallaven per entrar al lavabo. Ningú no s'havia recordat del seu aniversari.

En Gaudenci es va vestir en silenci i va decidir que no es rentaria la cara, per celebrar alguna cosa. Ja que ningú no tenia detalls envers ell en el seu dia, se'ls tindria ell mateix.

–¡Gaudenci, no t'has rentat la cara!

–És que avui...

–¡Ni avui ni demà, la cara es renta cada dia!

El pare el va petonejar abans de marxar.

–Per molts anys, fill.

Aleshores tots van fer un esgarip.

–¡Ostres, Gaudenci!

–¡Apa, Gaudenci!
–¡No t'hem cantat l'*Aniversari feliç*!
–¡Sí que em sap greu, fill, sóc tan despistada!
En Gaudenci s'encongia d'espatlles, generós, i es deixava estimar.
La Lucil·la va ser la primera a donar-li el seu regal. Com era d'esperar, el regal no tenia res a veure amb els gustos d'en Gaudenci.
–¿Una aranya dissecada?
–¿Oi que és maca? Però si no t'agrada ja me la quedaré jo.
En Gaudenci la hi va tornar immediatament. La Lucil·la sempre feia els regals dels altres per a ella mateixa.
La Càndida tenia pressa i el va ajudar a obrir el seu paquet matusser.
–¡Un llibre de saldo!
–De saldo res, que era molt car.
–*Com lluitar contra les puces.*
–No t'ho agafis malament, és per si de cas mai tenies un gos. Com que sempre tenen moltes puces, doncs...
–Au, Gaudenci, acaba't la llet i dóna un cop d'ull al regal del pare i meu.
Era un paquet escarransit i no prometia ser gaire emocionant. No ho va ser gens.
–¿Unes altres ulleres? ¡Però si ja en tinc unes!
–L'any passat en vas fer malbé quatre. Aquestes són molt bones i ens han costat molts diners. Segur que no se't trencaran.

En Gaudenci estava decebut.

–¿I no hi ha res més?

–¿Què més vols? Aquesta tarda vindran els tiets i la iaia, i dissabte faràs la teva festa amb els amics.

–Vull dir si s'han acabat els regals.

–¿No estàs content?

–Sí, molt –va mentir, a consciència, en Gaudenci.

No pagava la pena posar-se pedres al fetge, d'on no n'hi ha no en raja i la imaginació de la seva família no era precisament la seva virtut principal.

En Gaudenci va intentar un recurs que provava cada any. Cada any li fallava.

–Ehem, com que avui és el dia del meu aniversari, ehem, ¿cal que sigui un dia normal i corrent? Vull dir que seria molt més feliç si pogués fer altres coses...

–No hi ha festa que valgui, Gaudenci. Cap a l'escola.

Per intentar-ho no havia perdut res, el no ja el tenia. Estava segur que un any o altre la mare s'entendriria. De moment era incorruptible.

¡Quin aniversari familiar l'esperava! I dissabte tenia els seus amics convidats a casa i voldrien veure el Llamp Atòmic. Havia de pensar alguna cosa per convèncer-los que s'havia perdut o que estava concursant en un campionat de gossos llops.

En Gaudenci feia balanç del matí. Quatre petons amb pressa, algun «Gaudenci, maco» i tres regals escarransits i vulgars. Allò no era el que ell esperava d'un aniversari. Era un dia massa especial perquè passés sense cap pena ni glòria. Havia de ser diferent, suggeridor, impactant...

En Jordi Jardinet li estava fent pols la bamba a cop de trepitjades.

–Que surtis a la pissarra, diu el profe –li va etzibar empentant-lo perquè s'aixequés d'una vegada.

En Gaudenci estava pàl·lid. ¿Sortir a la pissarra el dia del seu aniversari? Era pitjor que un sacrilegi, era una ofensa, era una provocació. Va fer unes passes, insegur, i va gosar murmurar:

–És que avui, avui no estic preparat.

–Gaudenci, crida més. ¿Per què no estàs preparat si es pot saber?

–És que és el meu aniversari i...

–¿Sí? Doncs mira, ahir va ser l'aniversari del meu cotxe, demà el meu gat siamès fa dotze anys i dilluns la meva filla en fa set. Si tu et penses que jo he de deixar de treballar cada cop que és algun aniversari...

A en Gaudenci el discurs li va semblar demagògic. Ell no parlava d'aniversaris de filles ni de gats.

–És que jo parlo del meu aniversari.

–Sí, és clar, i demà serà l'aniversari d'en Romà Gumí, i l'altre, el d'en Lluc Mantega, i mai no podrà sortir ningú a la pissarra perquè serà el seu aniversari. Au, surt i copia el problema. Amb mi no hi ha aniversaris que valguin.

En Gaudenci va copiar el problema perquè el profe li passava tres pams i mitja tona, i perquè era un cagat, però en cap moment no va dubtar de tenir la raó. Mentre suava sang per resoldre aquell fastigós càlcul d'àrees, sospirava per l'hora del pati.

LA MARTONA MARTÍ es va avançar als altres.

–¿Has portat xiclets atòmics?

–Doncs la mare no m'ha deixat, ha dit que com que feia la festa dissabte, doncs...

L'Ernest Sopafreda va atacar amb la directa.

–¿Dissabte ens presentaràs el Llamp Atòmic?

En Gaudenci es va mossegar la llengua. Es va oblidar del concurs de gossos i li va etzibar la primera bajanada que li va venir al cap.

–És que, ehem, ha agafat un virus de gos i està molt malalt. El veterinari ha dit que es podria morir dissabte.

–Podem anar a l'enterrament –va proposar en Jordi Jardinet, content per la futura desaparició d'aquell Llamp Atòmic que feia ombra al seu hàmster.

–La meva mare ha dit que si es morís el llençaríem a les escombraries –va resoldre en Gaudenci, disposat a tallar definitivament la conversa. S'estimava més una fi indigna per al seu gos que un compromís insalvable. A més, xerrant, xerrant, ja havien fet els equips de futbol. Ell, però, havia de tenir preferència i podria triar. Algun privilegi li quedava pel fet de ser el dia del seu aniversari.

–Vull jugar de davanter centre.

–¡I un bé negre amb potes rosses!

En Gaudenci no ho entenia.

–Però si avui és el meu aniversari, sempre es pot triar el dia de l'aniversari.

–Això era abans, però tu ets un patata i si jugues de davanter ens faràs perdre. Si vols, et deixem que facis d'àrbitre.

–¡Això no val!

Els altres van començar a jugar incommovibles. En Celdoni Coscoll li va cridar des de mig camp:

–¡Ja has sentit el profe! ¡No podem fer excepcions!

Allò ja va ser massa. Aquell era el pitjor aniversari de la seva vida. Més li hauria valgut ser un nen salvatge i no saber quin dia havia nascut. Pel profit que en treia.

Però encara quedava el pitjor: ¡la iaia i els tiets!

La iaia l'ompliria de petons llefiscosos, la tieta li faria preguntes estúpides i el tiet li donaria consells d'home i li deixaria l'esquena baldada de tustadetes amistoses. Aquella era la tarda que l'esperava.

Amb els regals ni tan sols hi comptava. La iaia sempre ficava la pota i s'equivocava de nét. El tiet tenia descompte en una societat geogràfica i els inundava la casa de mapasmundis i atles. I la tieta..., ja se sap, la tieta regalava calçotets.

No es va equivocar gens ni mica. A casa, al voltant de la taula del menjador, decorada amb gots de fanta, canapès de sobrassada i un pastís de melmelada, l'esperaven la iaia compungida i el tiet acadèmic.

–Ai, fill, si que em sap greu, és que amb tants néts mai no l'encerto, si vols ja t'ho canviaré però ara no sabria dir on ho he comprat.

¡Una Chabel! Li havia regalat una nina, una Chabel princesa. La Lucil·la saltava d'alegria pel passadís.

–Ehem, Gaudenci, té, ja saps que et considero tot un homenet i cal que comencis a reflexionar sobre la situació política del món en què vius. Aquest nou atles et suggerirà moltes coses, que espero que et siguin útils a la vida. No es pot ser un nen sempre, i als tretze anys s'han de deixar les joguines de banda.

EN GAUDENCI desitjava apagar les espelmes, cruspir-se el pastís i acabar la comèdia, però la tieta Dites no arribava.

–¿Què li deu haver passat a la Mercedites?

En Gaudenci suposava que triava els seus calçotets a la merceria de la cantonada.

–L'esperarem cinc minuts i prou –va dir la mare, que odiava la falta de puntualitat.

La tieta Dites va ser la inoportunitat personificada i va enxampar en Gaudenci amb la bufera a la boca.

–Ai, sí que em sap greu arribar tan tard. Però és que no trobava el que volia.

En Gaudenci va empal·lidir pensant en els models de calçotets que hauria comprat. Pel cap baix devien ser brodats de margarides.

–Ai, no sé si he fet una bestiesa, ja em perdonareu, però com que sóc la padrina d'en Gaudenci, i al pobre fill sempre li regalo el mateix, he pensat que aquest any hauria de fer-li alguna cosa més especial. Sobretot, no us enfadeu.

En Gaudenci estava estranyat. ¿Alguna cosa més original? ¿Que s'empescava la tieta Dites?

–Passa Cuqui. Ara és petit, però m'han assegurat que quan creixi serà un gos molt obedient, és una monada, ¿oi? No hi he pogut fer-hi res, quan jo era petita sempre volia que em regalessin un gos i mai ningú no va tenir el detall. Un cop a la vida no fa mal a ningú.

En Gaudenci va quedar sense respiració quan un cadell remenut i enjogassat li va saltar al damunt i el va llepar tot sencer, des del serrell fins a les bambes.

–Ostres..., tieta, és un gos...

–Un pastor alemany autèntic, un gos llop, no és un petaner d'aquests que corren pel món.

En Gaudenci respirava amb dificultat.

–¿Puc, puc canviar-li el nom?

–¡Oh, i és clar que sí! ¡És teu!

En Gaudenci va murmurar fluixet, sense creure-s'ho.

–Llamp Atòmic.

El Llamp Atòmic va aixecar una orella vellutada i va bordar.

En Gaudenci va fer un bot d'alegria i va petonejar tota la família. Tenia excedent de petons reprimits de tot un dia de frustracions incessants. El seus pares no van tenir valor per dir totes les coses que diuen els pares quan algú porta un gos a casa.

En Gaudenci va bufar les espelmes amb l'ajuda del Llamp Atòmic i no va poder tastar ni una engruna de pastís. Li va donar el plat a en Marcel·lí i es va quedar assegut, hipnotitzat, mirant el seu gos.

Era un final tan inesperat per a un aniversari insípid que no podia ni pair-lo. De mica en mica el cap, saturat de reflexions optimistes, li va tornar a rutllar.

La vida no era tan dura com semblava. Afortunadament encara hi havia tietes que havien estat petites, tot i que resultava difícil de creure-ho, i dies especials que es deien aniversaris, i sorpreses que et deixaven sense alè, i gossos meravellosos com ara el petit Llamp Atòmic.

Ja s'empescaria la manera de fer creure als amics que s'havia ficat a la rentadora i s'havia encongit.

¡Al cap i a la fi aquell era l'autèntic Llamp Atòmic!

3 *El portador del zero*

EN GAUDENCI es pot dir que havia deixat d'existir d'ençà que la tieta Úrsula, la germana del pare, que era una mica excèntrica i vivia a Sitges, li havia fet enviar per correu un regal endarrerit amb motiu del seu aniversari.

Eren tres llibres, més ben dit, un sol llibre però editat en tres volums que es deia *El senyor dels anells.*

La Càndida, en veure'ls, va fer un gest de repugnància i la Lucil·la els hi va demanar immediatament per aixafar uns àlbums de fulles que li quedaven bufats.

En Gaudenci les va ignorar i va reclamar el seu regal, però abans el pare, com un bon pare, va voler donar la seva aprovació. Els va fullejar, va fer cara d'entès i va fer petar les dents en un «no sé de què va però callo».

En Gaudenci estava negre. Els tres llibres havien anat a parar a mans de la mare que, com totes les mares, tenia un sentit més pràctic de la vida i va proposar de canviar-los a la llibreria pel primer volum de l'enciclopèdia del bricolatge.

En Gaudenci es va exclamar. Ell volia els seus llibres. La mare, escèptica, va desistir dels seus projectes de canvi i els hi va donar amb una sentència esbiaixada.

–No crec que siguin per a la teva edat. Em sembla que la tieta Úrsula ha sentit tocar campanes.

QUI VA SENTIR tocar campanes va ser en Gaudenci, que d'ençà que va obrir la primera pàgina d'aquell llibre, es va oblidar del món i de les seves circumstàncies i va ascendir al llimb dels lectors elegits.

En Gaudenci no menjava, no dormia, no perdia les ulleres, no queia de la llitera i no treia a passejar el Llamp Atòmic.

En Gaudenci llegia i llegia, i a mesura que traspassava les fronteres de La Comarca, travessava els paratges màgics de Lothlórien i s'internava dins les tenebres de Mórdor sentia que l'anell li pesava dins el folre de la butxaca i les cames li feien figa.

En Gaudenci surava lleuger com un elf anant cap a l'escola i es creia en Légolas. S'asseia a la cadira massissa que havien construït els nans, i dissenyava una nova fortalesa de Góndor damunt del pupitre. Lluitava ferotgement per la pilota al pati amb la força d'un Àragorn i per sopar menjava llaminadures amb el delit d'un hòbbit.

En Gaudenci hi era i no hi era. En Gaudenci era dins el llibre i tant li feien els dibuixos del doctor Slump, les bambes de competició noves d'en Jordi Jardinet i el partit del Barça.

En Gaudenci robava tots els segons del dia per computar l'aventura i evitar que l'encanteri s'esvaís. Però sabia que la miserable realitat, forjada per pares insípids, bolis de plàstic i profes amb cara de vinagre, el requeriria tard o d'hora i li espatllaria el miracle. S'esperava la patacada. Per això sospirava entre dents.

–Que m'enxampi a la darrera pàgina.

I així va ser.

TENIA UN EXAMEN de mates a les nou del matí del dia següent. Era un examen anunciat, profetitzat i temut. Era un vulgar i repugnant examen de fraccions i números decimals que ell abominava especialment.

Si de natural en Gaudenci tenia aversió als números, no podia sofrir els números paralítics i esbocinats. Li semblava una aberració allò dels decimals coixos i orfes i les fraccions migpartides com un bistec de culata de vedella. Els profes de mates eren uns sanguinaris.

En Gaudenci va analitzar la situació:

«¿Podia, ell, abandonar miserablement en Pippin en mans dels orcs?

»¿Tindria la barra de deixar a en Sam i en Frodo a un pas del Mont del Fat i permetre que Gól·lum, el roí, els traís?

»¿Seria tan covard que no lluités al camp de Cormallen al costat d'en Gàndalf, els genets de Ròhan i el rei Àragorn?»

La resposta era no.

En Gaudenci era lleial, i la veritable lleialtat no es trenca amb la simple amenaça d'un insignificant examen de mates.

En Gaudenci va prendre la seva determinació com un autèntic kamikaze. Arribaria fins a la darrera coma i, si calia, moriria a l'examen de mates amb l'anell destruït i la cota de malla posada.

Era un heroi.

En Gaudenci va arribar a l'escola ebri de celebracions, de pantagruèlics banquets i de desfilades glorioses. Els ulls se li amaraven de llàgrimes en recordar la partida dels elfs, des de les Rades Grises, que marxaven per sempre més de la Terra Mitjana, i encara sentia l'emoció de tornar a trepitjar la seva comarca, llargament enyorada.

El profe de mates, insensible com tots els profes de mates, els va advertir que es traguessin els xiclets de la boca, les xuletes de la butxaca i que s'oblidessin de fer pipí durant una hora.

L'Ernest Sopafreda li va demanar que s'apartés una mica per poder copiar millor i en Gaudenci no va tenir cap inconvenient a fer-li cas. Pitjor per a ell.

Tenia el cap emboirat i les mans fredes, i el paper que li va donar el profe li era tan distant com una patinadora russa.

A la classe es va sentir un refrec de papers, un nyec, nyec de bolis en acció i un munt de sospirs. Després va venir la tongada dels atacs de tos i dels cops de puny amb sordina. Minuts després es va fer el silenci.

En Gaudenci va girar el full i no va sentir cap emoció. Generalment li pujava la sang al cap i se li posaven els pèls del clatell de punta, i fins i tot de vegades tenia un calfred a la cama esquerra. Aquest cop no va sentir res. Com era d'esperar, els problemes eren absolutament estúpids. L'enunciat del primer deia així:

Si mitja dotzena d'ous fan cent vuit pessetes, ¿quant val cada ou?

¿I quatre dotzenes?

¿I cinc dotzenes i mitja?

En Gaudenci es va concentrar en els ous. Els ous li suggerien truites i salsitxes, poca cosa més. Allò de les dotzenes li sonava vagament. Al súper els venien per dotzenes i un cop en va esclafar una de sencereta a la porta de casa. Encara es recordava de la bufa que li va clavar la mare.

Definitivament els ous eren molt poc suggeridors. Si ell fos profe de mates, va tocar fusta, posaria un problema d'espases forjades pels nans en les profunditats de Minas Tirith. O millor encara, un problema d'anells èlfics. Dotzenes d'anells èlfics cobejats per en Sàuron i destinats a unir els homes.

Estava segur que, tractant-se d'anells, resoldria la incognita de les maleïdes dotzenes.

Amb els ous, en canvi, no hi tenia res a fer, absolutament res.

En Gaudenci va desestimar la primera pregunta perquè la trobava poc imaginativa i va passar a la segona.

En una platja hi ha dues-centes quaranta-quatre ombrel·les. La meitat són llises i l'altra meitat són ratllades.

¿Cuantes ombrel·les són ratllades?

En Gaudenci va prendre aire. Fins aquí no prometia gaire. Va continuar, pel vici de llegir fins al final.

Si una sisena part de les ombrel·les ratllades, ho són en verd i blau, ¿quantes ombrel·les hi ha a la platja amb ratlles d'aquests dos colors?

Decebedor. Absolutament decebedor. Les ombrel·les li van semblar ridícules. Unes ombrel·les de coloraines horteres. Tanmateix era ben capaç de calcular l'ala dreta de l'exèrcit dels valerosos genets de Ròhan lluitant cos a cos contra els orcs, amb els ulls tancats.

Va provar-ho. Li sortien cent setanta-quatre guerrers d'ulls clars, amb els cabells rossos que onejaven al vent, llançant el seu crit de guerra.

Cent setanta-cinc si comptava la bella Ewin, que els capitanejava valerosament damunt el seu cavall blanc de crineres d'or, fins a caure ferida pels Nàzgul.

Va fer un darrer esforç. Les ombrel·les feien ombra. L'ombra de Mórdor, que Sauró estenia damunt la Terra Mitjana, tenallava els esperits més audaços.

¿Com podia cometre el sacrilegi de fraccionar l'esfereïdora ombra de Mórdor i reduir-la a un munt d'ombres nyicris i, per postres, ratllades?

Tot plegat era una astracanada.

Ell, en Gaudenci, amb la mà al pit va fer examen de consciència. Seria un traïdor vilipendiat si accedia a parlar d'ous i d'ombrel·les de coloraines. Ell només podia ser fidel a una única causa. La causa de l'anell.

En Gaudenci va escriure tant que se li va adormir la mà dreta. Escrivia a borbollons, a raig. Narrava i xalava narrant. El pobre Ernest Sopafreda, que copiava com un beduí, obria uns ulls com uns donuts i no donava l'abast a assimilar aquell garbuix de nans, hòbbits, rohirrims, elfs i Gòl·lums.

Finalment va sonar l'hora i en Gaudenci, amb orgull, va presentar el seu full al profe de mates.

–He posat tot el que sabia.

El profe de mates no el va reconèixer com el portador de l'anell i va ficar la seva obra d'art a la pila. Allà va quedar mig ofegada entre dotzenes, ous aixafats i ombrel·les esquifides.

EN GAUDENCI va esperar el resultat de l'examen sense frisança. Tots els herois reconeixen la seva hora. Sabia que el dia de les notes seria la seva fi. Esperava, però, que fos una derrota digna. S'havia batut com un valent.

La sorpresa va ser majúscula.

Un immens zero, pintat amb aquarel·la vermella com la sang i amb un aurèola èlfica per destacar-lo, ocupava la primera plana del camp de batalla.

L'epitafi deia així:

Tres zeros per als reis elfs sota el cel.

Un zero per als senyors Nans en cases de pedra.

Nou per als homes mortals condemnats a morir.

Un per al Senyor Fosc, sobre el tro Fosc, en la Terra de les Fraccions on s'estenen les Ombres.

Un zero per governar-los tots. Un zero per trobar-los. Un zero per encisar-los i per lligar-los en les tenebres de la Terra de les Fraccions on s'estenen les Ombres.

Un Zero per a en Gaudenci, el valerós Portador del Zero.

EN GAUDENCI va llegir-ho tres vegades sense parpellejar. Va mirar el Senyor Fosc de les Fraccions i va sentir la seva mirada damunt el seu Zero. Sabia que n'era el Portador. L'havia reconegut.

El profe de mates l'havia entès i el seu era un zero gloriós.

Qui no va entendre res, i mai ningú no li ho va aclarir, va ser el pobre Ernest Sopafreda, que, a més d'un zero elevat al cub, tenia una anotació del profe al marge esquerre de la primera plana, tan estrafolària com l'examen que havia copiat d'en Gaudenci:

Llengua de serpent, servidor de Sàuron.

Sempre va sospitar que era una cosa molt lletja, però, per si de cas, no ho va explicar a ningú.

4 *Llamp Atòmic, el ferotge*

FEIA DOS DIES que en Gaudenci no llegia i vivia en un estat de lucidesa poc corrent en ell.

En aquest curt interval va descobrir un munt de coses que formaven part de la seva immediatesa quotidiana, però que, habitualment, ignorava. Per exemple, va comprovar que les ungles dels peus se li recargolaven, i que per això foradava els mitjons. Va adonar-se que les ulleres li quedaven torçades, que duia els cabells mal tallats i que tenia un gra al costat de l'orella dreta. Va observar que el sostre de la seva habitació estava escrostonat, la llitera mig desmuntada de puntades de peu, els llençols descolorits i els llibres rebregats, tacats d'oli i escampats pertot arreu.

La inspecció a què va sotmetre les seves joguines no el va satisfer gens i el cop d'ull que va donar als seus apunts d'escola li va fer posar els pèls del clatell de punta.

Tot plegat, la seva petita realitat era caòtica i

fins i tot desagradable. Evidentment no pagava la pena computar-la i era infinitament més compensador abstreure-se'n, ignorar-la i dedicar les seves energies a un bon llibre.

SEGURAMENT, si no hagués estat pel Llamp Atòmic, en Gaudenci no hauria dubtat ni un minut a refugiar-se en un racó, tancar els ulls a les misèries evidents de cada dia i fugir de la mediocritat per acompanyar algun dels seus herois preferits en les seves meravelloses aventures; però el Llamp Atòmic es va encreuar en el seu camí.

Va ser una visió fugissera, passadís enllà. Una cosa remenuda, semblant a un gremlin, es removia, inquieta, dins un cotxet de nines empès per la Lucil·la. L'aparició anava disfressada amb un barret de color fúcsia, un vestit de ballarina amb puntetes, un cistellet penjat del coll i una pipa. La Lucil·la xerrava amb la seva joguina.

–Has estat un nen molt dolent, i ara la Lucil·la et banyarà amb aigua freda i et traurà totes les puces que t'ha encomanat el teu amiguet pollós.

En Gaudenci es va fregar els ulls dos cops. Aquell miserable gosset que la seva germana passejava dins el cotxet de les nines, disfressat ridículament com una pepa, no podia ser en cap cas el seu Llamp Atòmic.

Però ho era.

El Llamp Atòmic ja no era seu. Ell no li feia cap cas i el gos havia optat per altres afectes. No se n'havia sortit gens malament.

Ara, s'havia fet amic íntim d'en Marcel·lí i li agradava mossegar-li els ninots, llepar-li el petit suís i saltar dins del parc per lliurar petits combats amistosos.

El Llamp Atòmic era la nina de la Lucil·la, que el pintava, el banyava, li donava la sopa i li posava llacets a la cua.

El Llamp Atòmic era el fill petit de la mare, que li posava el plat amb arròs bullit i llet sota la taula de la cuina i li acaronava el caparró mentre menjava.

El Llamp Atòmic era el gos del pare, i quan s'asseia al sofà a mirar el futbol al seu costat grunyia de satisfacció i bordava indignat amb els penals.

El Llamp Atòmic era la víctima de la Càndida, que el considerava fastigós, i havia perdut la dignitat per entendrir-la i fer-se-la seva, llepant-li la sabata amorosament cada cop que li fumia una puntada de peu.

El Llamp Atòmic era un gos familiar, descafeïnat, acomodatici, mediocre i urbanita. En Gaudenci havia ignorat la seva existència, l'havia privat d'un amo veritable i l'havia condemnat a ser un succedani de gos.

En Gaudenci va fer examen de consciència. ¿Quants minuts del seu temps dedicava al Llamp Atòmic? ¿Quantes ordres li havia donat?

¿Quantes paraules li havia fet comprendre? ¿Quants cops l'havia tret a passejar? ¿Quants àpats li havia preparat? ¿Quantes estratègies de combat li havia ensenyat?

Havia suspès l'examen d'amo.

Com dimonis volia aconseguir un company fidel, entranyable, valent, arriscat i aventurer si s'educava sota l'ensucrada tutel·la dels pares, en Marcel·lí, la Lucil·la i la Càndida.

¿Era el seu gos o no era el seu gos?

Naturalment, ell, en Gaudenci, era l'amo veritable del Llamp Atòmic.

Doncs, aleshores, es comportaria com un amo de debò. Era simplement qüestió de prioritats. La prioritat en aquells moments era reconvertir el Llamp Atòmic en un gos de debò i fer tots els esforços que calguessin per aconseguir-ho. Encara era a temps de remodelar la personalitat del petit cadell aviciat. No estava tot perdut.

En Gaudenci va assajar un xiulet d'amo per cridar el gos. No en sabia gaire, de xiular, i, després d'intentar-ho un munt de vegades, va desistir-ne. S'havia marejat.

Bé, també hi havia amos que feien petar els dits. Llàstima que tampoc no en sabés.

Ben mirat tampoc no estava gaire preparat per a les seves funcions.

Va resignar-se a cridar-lo pel seu nom. Va procurar, però, utilitzar el to d'autoritat suficient perquè el Llamp Atòmic pogués distingir la diferència entre una veu normal i la veu de l'amo. Tot era qüestió de matisos.

–¡Llamp Atòmic! ¡Vine cap aquí!

El Llamp Atòmic no va captar l'esperit de l'ordre del seu amo veritable i va continuar ajagut al sofà, mirant els dibuixos amb la Lucil·la i llepant la xocolata d'en Marcel·lí.

–¡Hiiaaa! –va cridar en Gaudenci, posant èmfasi en la hac aspirada.

El Llamp Atòmic va aixecar una orella vellutada i la va abaixar immediatament. En Gaudenci es va adonar del seu error. Havia confós la interjecció de gos per la de cavall. El Llamp Atòmic havia demostrat ser més intel·ligent del que semblava.

En Gaudenci va optar pel pragmatisme. Va agafar el Llamp Atòmic del sofà i se'l va endur per començar la seva nova vida. Immediatament la Lucil·la va protestar a crits i en Marcel·lí va esclatar en un atac de plors incontenibles. En Gaudenci, però, no es va deixar commoure.

–És el meu gos i l'ensinistraré com un gos de debò.

–¡Buaaaaa!

–¡Mamaaaaaa! ¡En Gaudenci ha segrestat el meu gos!

El Llamp Atòmic, que s'estimava més veure *Bola de Drac* i gorrejar xocolata que ser un gos autèntic, bordava indignat.

–¡Bub, bub, bub!

En Gaudenci flaquejava. ¿Resistiria aquella

ofensiva? Pagava la pena jugar el paper de dolent de la pel·lícula per tenir un gos com cal.

Es va mirar el Llamp Atòmic. Era un cadell insignificant, grassonet, un borrissol negre, clapejat de taques blanques, i uns ulls implorants color de mel. Se'l va imaginar un gos fet i dret, amb les dents esmolades, les potes àgils, el llom llustrós i l'aire del Rin-tin-tin. Va endurir la seva posició.

–M'emporto el Llamp Atòmic a passejar. No vull que sigui un gos de pis. Ha de saber atacar, collir pedres, ensumar assassins, saltar murs i obeir-me.

La Lucil·la i en Marcel·lí no tenien visió de futur i van continuar el seu enravenxinament, marranejant i cridant.

En Gaudenci-amo va agafar el cadell, li va posar la cadena i el va arrossegar fins a la porta, el va obligar a baixar els graons de quatre en quatre i el va empènyer fins al carrer.

El duria al parc i allà iniciaria el seu aprenentatge.

Al parc hi feia fred i no hi havia ni una ànima. El Llamp Atòmic va pixar tots els arbres de la placeta, va ensumar totes les pedres i va bordar totes les motos.

En Gaudenci el va deslligar i el Llamp Atòmic, feliç, va sortir potes ajudeu-me. Encara no havia perdut la vitalitat.

En Gaudenci va començar per les pedres. Aquella tarda la dedicaria a les pedres. Quan fos un perfecte recollidor de pedres passaria a la segona fase, la d'atacar malvats.

En Gaudenci va agafar el morro del seu gos, el va fregar contra la pedra, va alçar el braç perquè la veiés i la va llançar lluny. Bé, de fet la va llançar amb tan mala punteria que va anar a raure dalt del teulat del xiringuito del parc. El Llamp Atòmic va sortir com una fletxa sense perdre la trajectòria del projectil i es va empipar com un lleonet en veure que no la podia agafar. Intentava enfilar-se per la paret, feia salts al buit i bordava salvatgement.

En Gaudenci estava admirat. Faria un segon intent.

Aquest cop va canviar d'escenari i es va dirigir cap a la gespa. Allà no hi havia perill de penjar la pedra enlloc. El llamp Atòmic estava frisós. En Gaudenci va aixecar el braç, va prendre impuls i va llançar la pedra tan lluny com va poder. Una mil·lèsima de segon després es va sentir un «Ahhhhh» eixordador, però el Llamp Atòmic ja havia sortit, fent honor al seu nom.

En Gaudenci va empal·lidir.

Acabava d'encertar de ple l'ull del temible Deivi Rinxolets, el cap de la colla dels Tomorrow Boys, que celebraven els seus saraus de cervesa al parc i estossinaven els ximples com ell que anaven a passejar gossets.

En Gaudenci tremolava com una fulla. No podia córrer, de fet volia córrer però les cames no li responien. Tot havia estat per culpa de les ulleres, si no les hagués portat torçades hauria pogut distingir les siluetes d'en Deivi Rinxolets i els seus incondicionals, ajaguts a l'herba, amb la xibeca a la mà.

Massa tard. Els Tomorrow Boys el tenien encerclat, i el malvat Deivi Rinxolets, amb l'ull a la funerala i les dents serrades, havia enxampat el Llamp Atòmic i el tenia sàdicament agafat per la cua, com una salsitxa. El Llamp Atòmic es regirava, bordava, mossegava l'aire i estava fet una fúria.

En Gaudenci estava més mort que viu.

–¡Deivi! ¿Com el vols? ¿Arrebossat, rostit o estofat?

–¡El vull triturat!

En Gaudenci es va empassar la saliva i es va ficar les ulleres a la butxaca. Els Tomorrow Boys el triturarien i el seu gos seria catapultat a l'espai.

Allò confirmava les seves sospites: la realitat era infinitament més prosaica, desagradable i crua que els llibres. La realitat era plena de Deivis Rinxolets, Tomorrows Boys, pedres mal llançades i nens covards. Malauradament no existien els Tarzans, ni els Sandokans, ni els Sitting Bulls.

Però en Gaudenci no comptava que pogués aparèixer la Magda.

La Magda era rossa, duia una trena, sempre reia i xerrava pels descosits. Era la tieta d'en Jordi Jardinet, l'amiga preferida de la seva mare

Grrrrrrr

i tenia la força d'un Tarzan, el valor d'un Sandokan i la mala llet d'en Sitting Bull.

Afortunadament la Magda sortia del gimnàs amb la seva bossa i el va reconèixer. Els Tomorrow Boys també la van reconèixer i van fer una passa enrere, però ja era massa tard. La Magda, feta una fúria, els va envestir de cara i els va atacar amb la bossa.

–¡Desgraciats, gallines, mitges merdes, fora d'aquí!

Plif, plaf, bum.

En un tancar i obrir d'ulls va dispersar les files enemigues i va sembrar el pànic. Els Tomorrow Boys van sortir a tota pastilla.

Aleshores va passar una cosa inaudita. En Deivi Rinxolets va obrir uns ulls com uns donuts en veure el seu exèrcit vençut i es va oblidar del presoner. El Llamp Atòmic va aprofitar el descuit i, convertit en un autèntic venjador, va caure a terra i va saltar sobre les cames d'en Deivi, a qui va atacar ferotgement. El petit cadell havia esdevingut una salvatgina desfermada que va fer plorar de dolor el temible cap dels Tomorrow Boys. Abans que la Magda pogués arribar a donar-li un sol cop de bossa, en Deivi Rinxolets ja havia tocat el dos i se n'havia anat a trobar-se amb els seus amics.

En Gaudenci s'ho mirava tot com si fos un extraterrestre acabat d'aterrar.

La Magda somreia triomfadora i el Llamp Atòmic serrava fortament les dents per no perdre el tros de mitjó que havia arrencat al seu agressor.

Eren dos herois, i ell, en Gaudenci, un nen miserable. De seguida es van acostar per reconfortar-lo. El Llamp Atòmic saltironejava remenant la cua i, falaguer, li llepava les sabates. La Magda li donava copets a les galtes per retornar-li els colors, sense deixar de parlar.

–Pobre nano, quin trauma. ¿Vols fer un pipí? ¿Vols plorar una mica? Au, plora sense vergonya que jo no ho diré a ningú. Quan els he vist t'he conegut de seguida i m'he dit: «Magda, aquests desgraciats et deixen en Gaudenci convertit en una salsitxa.» Sort que portava l'assecador de cabells a la bossa. ¡Ai! Espero que no s'hagi esquerdat, tenen el cap tan dur, aquesta colla de Tomorrow Boys poca-soltes. Això ja va millor, noi, ja comences a fer cara de persona. I quin gos més valent que tens, ¿has vist com queixalava en Rinxolets? Això és un gos de debò i no el pequinès del senyor Mirabet. Tranquil, que de seguida hi serem, ¡però si encara tremoles!

En Gaudenci, mort de vergonya, caminava amb el cap cot entre la Magda i el Llamp Atòmic. Havia descobert una cosa essencial. El Llamp Atòmic era un gos autèntic, amb un únic i greu inconvenient: tenia un amo merda.

5 *Carta als reis*

ESTIMATS REIS,

Em dic Gaudenci, tinc tretze anys i m'ha tocat el macarró més curt.

A casa sempre escriu la carta dels Reis el qui li toca el macarró més curt, i jo no sé com s'ho maneguen però cada any em toca a mi.

De fet és una sort que us escrigui jo perquè les meves germanes us fan el salt amb el Pare Noel i, si ho sabíeu, a la millor us empipàveu i no em portàveu res.

Jo sóc partidari vostre i trobo que això del Pare Noel és una mamarratxada i que hi hem sortit perdent. Entre vosaltres i el Pare Noel, no hi ha color; vosaltres sou tres i ell és un de sol; vosaltres porteu carrosses guai i ell, un trineu escarransit; vosaltres teniu patges i ell s'ho ha de fer tot sol; vosaltres dueu camells grans com uns transatlàntics i ell, uns rens de pa sucat amb oli; vosaltres ompliu la casa de joguinasses i ell deixa quatre xocolatines ridícules en un mitjó. Tot plegat: ser més europeus és una estafa.

Jo ho veig molt clar i penso que no us hauríeu de deixar prendre clientela ni estar-vos amb els braços plegats. Si no feu alguna campanya d'aquestes publicitàries, com ara la coca-cola, ho teniu molt pelut perquè la Càndida, que abans sempre demanava coses al rei blanc, s'ha passat al Noel aquest amb l'excusa que és més modern; i la Lucil·la, que és una espavilada, diu que ella no té manies i que com més gent li porti regals molt millor. És clar, com que el Pare Noel passa abans, doncs se n'aprofita i demana, i quan arribeu vosaltres també s'hi apunta. En Marcel·lí encara no opina, però estic convençut que és d'una altra generació sense principis i que quan sigui grandet es deixarà menjar el coco per la Càndida i ni tan sols sabrà que existiu. Ñlkijdhynmmmmmmmmmmm mm874xc .... ooooooooooooooooo '''' bhynm964210vf+?zxmmmmmmmmmmmm mmm

ÒNDIA! Ara lñom?/&%$ se m'ha espatllat aquesta PORQUERIA d"ordddddinaddddor. Un moment que aviso ''''el mmmmeu??? pareeeeeeeee.

JA ESTÀ, m'ha dit que no era un virus, sinó un experiment seu. Però ara resulta que la Lucil·la-microbi ha sentit que era aquí, escrivint, i se m'ha enganxat com una paparra. Diu que no es mourà si no començo per ella. Està bé.

La Lucil·la és la meva germana, es fica el dit al nas, col·lecciona aranyes dissecades, fa d'esquelet a l'escola, mossega els nens de la seva classe i es fa pets al llit.

Aquest any demana la nina de «L'Endívia que mona, cagona, xatona, dubi, dubi», que, com que té una cançó molt famosa que canten totes les nenes i surt a la tele, ja deveu saber que és la nina que caga.

La mare protesta perquè diu que és una marranada, i que ho recullin els fabricants, que quina gràcia el graciós que s'ho va inventar i moltes coses més, però la Lucil·la m'ha promès que si li porteu «L'Endívia que mona» ja no mossegarà mai més cap nen perquè ja podrà mossegar la nina i que cada tarda em guardarà la xocolata del berenar.

Jo crec que no n'hi ha per tant, que la mama és una exagerada, que si no protesta una mica no està contenta i que si no li portéssiu la nina a la Lucil·la totes dues tindrien un disgust, perquè la Lucil·la no podria mossegar la nina i la mare no podria queixar-se i dir: «Que desgraciada que sóc, només em faltava recollir la caca de les nines.»

La Lucil·la em fa la murga i no pensa esfumarse fins que no hagi acabat la seva llista.

Molt bé, continuo. A més de la nina caganera vol el marcapàs lluminós nou que ha sortit aquest any per al Jonhy, el fillet infartat. Aquell que feia tic-tac i, si es parava, el nino es posava blau i es moria l'hi va espatllar l'Antonieta Lionesa mentre li feia una operació a cor obert.

La Lucil·la no calla i em diu que no m'oblidi de demanar-vos el Prostíbul de la senyoreta Loli que té la Martona Martí, la disfressa d'home del temps d'informatiu migdia, l'ampliació del joc l'Estratega Terrorista Minigoma Bum i la cadira elèctrica Electrocuta't Tu Mateix, per a corrent de 220.

¡BUUUF! Ja està, se n'ha anat contenta. La veritat, jo crec que n'abusa, que tot això ja ho ha demanat al Pare Noel i que no es pot jugar a dues bandes. No ho sé, jo de vosaltres li portaria «l'Endívia que mona, cagona, xatona, dubi, dubi» i com que s'espatllaria de seguida i deixaria de fer caca, la mama no se'n recordaria més i la Lucil·la, la mama i jo estaríem molt contents.

ARA us parlaré de la meva germana Càndida. La Càndida pega puntades de peu, s'està sempre penjada del telèfon, sospira al llit perquè tothom la senti, em diu microbi repugnant, té un revés sensacional i un cul de la quaranta-dos.

La Càndida m'ha deixat una llista de xorrades, però jo crec que el que li fa falta és un nòvio. Si tingués nòvio no se'm halaria la xoco lata, ni m'estriparia els llibres, ni diria: «Què desgraciada sóc», quan llegeixo Sandokan, perquè es passaria el dia entretinguda torturant el nòvio. Jo crec que la Càndida necessita tenir algú per fer-li la punyeta, ficar-li el dit a l'ull, insultar-lo, enrabiar-s'hi, acusar-lo de tot el que li passa i sentir-se molt desgraciada per culpa seva i, com que no té cap nòvio, doncs ens fa la guitza a la Lucil·la, a en Marcel·lí, al Llamp Atòmic i, sobretot, a mi.

Si em doneu la sorpresa de portar un nòvio a la Càndida, us estaré molt agraït i l'any vinent us deixaré una ampolla de Bourbon al costat de les sabates.

Per si de cas no li trobeu cap nòvio, li podeu deixar el nou elapé dels Eskolars Kanibals, *Pixatladesocials.*

¡BUFA! Estic baldat de tant escriure. Sort que ja només queda en Marcel·lí.

BÉ, en Marcel·lí ni tan sols és un nen, és una cosa petita que plora, fa moltes baves i s'arrossega com un cuc. Deixa un rastre de baves molt divertit que quan arriba el papa el fa caure per terra, com aquell de l'anunci de la tele; però, en comptes d'encerat, el terra està bavós, i les baves són, com els mocs, una cosa enganxosa, i si les estires semblen un xiclet. Llavors el papa s'enfada, però no perquè s'hagi fet mal sinó perquè s'ha embrutat l'americana, i agafa en Marcel·lí, amb cara de fàstic, per por d'embrutar-se més, i el fica al parc, però en Marcel·lí plora enfadat i no vol res i es dóna cops contra el parc.

No sé què més explicar d'en Marcel·lí. Encara no és un histèric com la Càndida, ni un plom com la Lucil·la, però fa mal de cap, es menja els meus llibres i m'estira els cabells. No se m'acut què li podríeu portar perquè tot s'ho fica a la boca. Si us demanava un scalextric de l'espai seria una llàstima perquè se li rovellaria.

Mmmmm... ¡Ja ho sé! Com que s'enfada amb el papa quan el fica al parc perquè el papa abusa de la seva condició i ell és petit i no es pot defensar, li podríeu portar un nino amb cara de papa, i així el bavejaria pertot arreu ben bavejat, i li empastifaria la camisa, la corbata i la calba, i en Gaudenci seria una mica més feliç.

Deu ser molt dur això de ser un mig metre de cosa petita i que vingui un gegant disfressat de papa amb moltes preocupaciones importants i et fiqui dins d'un parc com si fossis una mona.

¡UGGGG! Em pensava que no arribaria mai a mi!

BÉ, jo sóc en Gaudenci. Tinc un gos, unes ulleres, molts llibres i mai no em passa res d'emocionant.

Aquest any he pensat que en comptes de joguines em podríeu portar una cosa més original. Per exemple..., ¡una aventi!

Vull una aventura, però una aventura total. Estic una mica fart de ser normal i que no em passi mai res. Hi he estat pensant força i us dono algunes idees que se m'han acudit aquests dies:

Un segrest no estaria malament.

«Un dia, en sortir d'escola uns homes encaputxats em segresten perquè em confonen amb el fill d'un milionari i em tanquen en una torre plena de llibres. Jo m'hi estic dos anys llegint i pensant com escapar-me. Finalment lluito contra ells, els guanyo, em converteixo en Gaudenci-heroi i em passen a vuitè directament.»

Tampoc no faria fàstics d'una herència.

«Un dia rebo el testament d'un tiet on m'ha nomenat hereu d'un tresor que va amagar de jove al Carib. Jo agafo el vaixell i arribo a l'illa on va enterrar el tresor, però uns malvats volen prendre-me'l. Jo fujo i faig la volta al món amb el tresor i em compro molts llibres, fins que m'invento una trampa per enxampar-los i aconsegueixo engarjolar-los a tots. Com que sóc milionari no em cal estudiar i em faig amo d'una cadena de llibreries.»

Si trobeu que són aventis una mica complicades es poden canviar per la del Porter Vampir o la del Profe Assassí que tampoc no estan malament encara que passin a Barcelona. En qualsevol cas, si us estimeu més la del Germà Bessó o la de la Mare Esquizofrènica, també ho entendré.

L'ordinador ja fa pampallugues i tinc el dit destrossat. Espero que recordeu que us sóc fidel i que sóc persona de lleialtats i que com que viviu temps difícils de dura competència heu d'estar a l'altura de les circumstàncies. Jo, de vosaltres, faria hores extres i procuraria quedar bé amb els clients.

És un consell d'amic.

Gaudenci

6 *Gaudenci, el malalt*

FEIA FRED. Era la setmana dels barbuts, la més gèlida de l'any. Els dies eren curts i a les vuit, l'hora de llevar-se, el sol encara no s'havia dignat treure el nas.

En Gaudenci percebia tots aquests símptomes hivernals del llit estant, ben acotxat amb la seva nòrdica... Brrr. Va tenir una esgarrifança en imaginar l'aigua freda amb què la mare l'obligava a rentar-se la cara.

Aquell matí en Gaudenci estava especialment receptiu a tots els arguments que refermessin una convicció: llevar-se era una bestiesa.

Els óssos hivernaven, els talps s'encauaven, les serps es fossilitzaven i els humans eren tan imbècils que anaven a escola.

Evidentment havia tingut mala sort en la seva encarnació, però com que això ja no tenia solució va intentar buscar-ne una per al seu problema immediat.

El seu problema immediat era que no li donava la gana de sortir del llit, de vestir-se amb roba freda, de congelar-se pel carrer fosc, de seure en el pupitre de fusta de l'escola, de tremolar al pati menjant-se el bocata, ni de veure la nàpia del profe de socials.

De sobte es va inspirar i, tot sigui dit, no li va costar gaire: es faria el malalt.

I és clar. Així de senzill. Els malalts dormen fins a les dotze, llegeixen llibres al llit, repapats sobre dos coixins, prenen iogurts i aigua de Vichy, no van a l'escola i se'ls tracta amb consideració.

–¡GAUDENCIIIIII!

En Gaudenci va fingir una veu esquerdada, feble, de malalt terminal.

–Em trobo malament.

La mare va aparèixer amb una sabata en una mà, un biberó a l'altra i amb el maquillatge a mig escampar.

–¿Que et trobes què?

En Gaudenci no podia resistir la mirada inquisitiva de la mare. Semblava una bruixa. Va empal·lidir i li va tremolar la veu en insistir.

–Em... em trobo psè, psè.

–Doncs tens raó, fas cara d'arròs bullit, ulls de lluç amb pulmonia i veu d'ànec refredat. ¿Què et fa mal?

En Gaudenci no havia previst la vulgaritat d'entrar en detalls. Es va atabalar.

–Doncs... tot.

La mare li va tocar el front. El contrast era evident i no es va acabar de convèncer.

–No sembles gaire calent. Et posaré el termòmetre.

En Gaudenci no volia saber res d'aquell instrument odiós i implacable.

–De febre, no crec que en tingui, el que m'ha passat aquesta nit és que he vomitat tres cops i he tingut cagarrines, i ara em fa mal tot.

La mare, esverada, es va posar la sabata.

–¿I per què no m'has avisat?

–És que em sabia greu despertar-te.

–Ara ja entenc que estiguis tan blanc.

En Gaudenci es va animar.

–Deu ser un virus.

–O una indigestió. Ara avisaré el metge i et posaré a dieta.

En Gaudenci va empal·lidir més.

–No era gaire, vull dir que eren vomitadetes de res, jo crec que si menjo un bocata de pernil petitó i amb poc tomàquet, un cacaolat calentó, unes galetes digestives i un croissant tovet em trobaré molt millor.

Però la mare ja era al telèfon donant les seves dades.

En Gaudenci es va desanimar momentàniament. Es moriria d'inanició i el torturaria un metge que el delataria i diria a la mare que estava més fresc que un espàrrec amb maionesa. Era un patata absolut planificant estratègies. Segur que la Càndida hauria tingut molt més poder de convicció i que la Lucil·la s'hauria imaginat una malaltia més original. Ell, en canvi, no tan sols havia caigut en el tòpic del mal de panxa sinó que a més no trobava arguments per lluitar contra la lògica maternal.

De sobte es va revifar. La mare marxaria a treballar i fins que no arribés la senyora de fer feines podria escapar-se a la cuina i fer-se un fantàstic esmorzar. La vida no era tan tràgica.

–¿T'estàs morint?

La Lucil·la va treure el nas amb l'abric posat.

En Gaudenci es va veure obligat a fer-li una exhibició de moribund.

–Ugggggggg.

La Lucil·la, impressionada, li va deixar una capseta damunt del llit i va fugir corrents cap a la porta, no fos cas que se li encomanés el mal.

–Et deixo la meva aranya preferida perquè no t'avorreixis. Adéu.

En Gaudenci es va emocionar. Deixar-li la seva aranya, encara que fos una bèstia repugnant, era tota una mostra d'afecte.

La Càndida va entrar fingint indiferència. Duia el seu walkman en una mà, i la cartera de l'escola, a l'altra.

–Té, microbi. T'he posat una cinta dels Eskolars Kaníbals perquè et pugi la febre. Si hi fiques les grapes al damunt i me l'espatlles et recordaràs de mi.

En Gaudenci va buscar les ulleres per veure-s'hi millor. Efectivament era la Càndida i el seu walkman. Resultava tan increïble com un llibre de ciència-ficció. La Càndida feia una obra caritativa. Es va empassar la saliva.

–Gràcies, Càndida, espero que et surti molt bé, l'examen de gimnàstica, encara que estiguis més grassoneta i no encertis el plint i...

–Tanca la boca imbècil.

Aquella era la Càndida i ell era el mitja merda d'en Gaudenci, que sempre ficava la pota. ¿Per què li havia de recordar que estava grassa?

La mare, amb la ratlla dels ulls mal pintada, en Marcel·lí a coll i la bossa oberta, el va interrompre.

–A veure, Gaudenci. Jo me'n vaig, però li he demanat a la Pili que vingui ara perquè no t'hagis de quedar sol. Quan arribi el metge, cap al migdia, jo ja seré aquí. Et vindran a fer companyia la iaia i la tieta Roser. Ara dorm i descansa. Adéu, fill.

En fer mitja volta li va caure la bossa a terra i va fer un escampall de claus, kleenex, bitllenters i pipes. En Marcel·lí es va posar molt content i el pobre Gaudenci es va haver de tapar la cara amb el llençol perquè la mare no li veiés el disgust.

¡La Pili! ¡La iaia ! ¡La tieta Roser! ¡El metge...! Preferia veure la nàpia del profe de socials. Si més no ja s'hi havia acostumat i li era familiar.

–¿ON ÉS EL MALALT? ¿On és aquest nen que vomita i que té mal de panxa? La Pili, cridanera com ella sola, s'acostava cap a la seva habitació.

Va entrar amb el fregall a la mà i la cara rogenca del fred del carrer.

–¡Ai! ¡La mare del Tano! Quina cara de cadàver, el meu pobre Gaudenci, tan nyicris i escanyolit. Només et faltava aquest virus. Ara mateix tanco les persianes i et poso la calefacció. Així, ben calentet i a les fosques, et trobaràs millor.

Li va estampar un sorollós petó a cada galta, va convertir l'habitació en una sauna i la va deixar més negra que la gola del llop.

En Gaudenci, des de les foscúries, sentia cantar la Pili i el seu estómac. Estava suat, defallit i avorrit com una sèpia en un festival de pallassos. No podia llegir el llibre de l'Assimov, ni podia esmorzar, ni podia mirar els dibuixos de la tele. Només disposava d'un horrible casset i d'una aranya repugnant per matar l'estona. No tenia son i era un miserable presoner d'una dona armada d'una escombra.

Va sentir tocar les deu i les onze. Després va sonar el timbre.

La iaia va picar a la porta amb suavitat. La Pili, amb l'abric posat, es va acomiadar.

–Aquí tens la teva iaia que et farà companyia. ¡La mare del Tano! Ara sí que fas mala cara.

En Gaudenci va protestar amb veu feble.

–Una mica de llum per llegir.

–Res de llegir. La iaia farà mitja al teu costat i així no et trobaràs tan sol.

LA IAIA va fer una màniga de jersei sencereta fins que va arribar la tieta Roser. En Gaudenci patia tremolors i un terrible mal de panxa. Cada cop que intentava escapolir-se del llit amb qualsevol excusa l'àvia l'acotxava implacable.

–Vigila'l bé, Roser. Em sembla que li ha pujat la febre, vol sortir del llit i vol menjar. A veure si el metge arriba aviat i li recepta alguna cosa, pobre fill.

La tieta Roser li va explicar un conte de formiguetes per entretenir-lo, li va cantar dues cançonetes; després es va engrescar i es va posar a parlar sobre el preu de la pasta de dents, els grans del fill de la carnissera, el cotxe nou del tiet Eudald i el mal gust de les camises del seu marit.

En Gaudenci veia llumetes, sentia esgarrifances i surava entre la nòrdica.

A la una va arribar la mare i es va amoïnar molt en veure'l.

–Espero que vingui el metge. Jo diria que ha empitjorat.

En Gaudenci n'estava segur, però qui ho va confirmar va ser el metge.

–¡Punyeta, aquest Gaudenci! Els nens d'ara no tenen salut, ja no porten pantalons curts i no saben el que són els penellons. No tenen defenses i enxampen tots els microbis i tots els virus.

–¿Vol dir que és greu?

–Greu, greu, doncs no se sap mai, però fixi's en els símptomes: la pal·lidesa, la llengua, aquest estómac que sembla un concert de grills, la suor febril, les ninetes dilatades. Un poema. En Gaudenci està fet un nyap.

–Home, mai no ha estat gran cosa, però...

En Gaudenci va somicar. Delirava.

–Tinc molta calor, tinc gana.

–Ni somiar de menjar res. Aigua d'arròs i suc de pastanaga.

–La calor és per culpa de la febre.

En Gaudenci va claudicar un altre cop. Era una conxorxa i ell n'era la víctima innocent, de fet, no tan innocent. Com que no acabava de tenir la consciència tranquil·la va acceptar el diagnòstic.

–Un dia de repòs, dieta i molta tranquil·litat.

En Gaudenci va gemegar. Ja sabia el que era la dieta, el repòs i la tranquil·litat i enyorava el fred, els bocates i la nàpia del profe de socials.

Evidentment era un patata amb mala sort. Es va canviar de banda i es va sentir molt malalt. Potser sí que tenia un virus. Això el va consolar. En pocs minuts va arribar a una conclusió tranquil·litzadora.

Ell, en Gaudenci, un nen amb mala sort, no hi entenia prou, en malalties. Els metges, les mares, les tietes, les iaies i les senyores de fer feines havien coincidit.

Estava malalt.

Finalment es va adormir amb l'estómac buit, el serrell suat i la consciència tranquil·la. No podia fer-hi res, estava ben malalt.

7 *Un dijous desmanegat*

AQUELL DIJOUS era un dia molt especial per a en Gaudenci. De fet era especial perquè era la culminació d'una setmana de lectures i experiments. S'havia afeccionat a l'espiritisme i volia convocar uns quants esperits. No semblava gaire difícil.

A les sis, quan arribessin en Jordi Jardinet i l'Esteve Noguipis, seria l'hora H. Demostraria al món, a l'univers i als escèptics que ell tenia poders.

Sobre aquest darrer punt n'estava força segur. Pel que deduïa, els qui tenien poders no ho sabien fins que no ho posaven en pràctica. Era qüestió de magnetisme, de tenir una veu seductora i convincent i una mirada profunda i carregada d'energia. A més, el retrat robot dels elegits coincidia bastant amb el seu: tots eren una mica desgraciats, lletjos, nyicris i no feien gaire respecte als altres, fins que un dia..., ¡plaf! Resultava que tenien poders, i aleshores es treien les ulleres, es tornaven rossos i creixien dos pams. D'aquest darrer miracle no n'estava gaire segur, ja se sap, els llibres exageren; però pel que feia a la seva condició d'elegit hauria posat la mà a la paella. Una cosa o altra havia de ser. I si no, ¿per què punyefles havia nascut, ell? ¿Per què servia un Gaudenci al món?

Evidentment era un fill lletget, un germà avorrit, un estudiant pèssim, un amic vulgar, un amo inepte i un nen que no complia els estàndards. Tenia assumit que era un producte de la naturalesa poc atractiu, poc desitjable i poc funcional, però com que la naturalesa era sàvia, per una cosa o altra havia de justificar la seva existència i la quantitat d'energia que consumia.

Durant set dies va llegir com un desesperat. Cada cop que anava a fer un pipí, entre capítol i capítol, es treia les ulleres, es mirava al mirall, simulava una mirada profunda estil Fumanxú i es convencia que efectivament tenia magnetisme als ulls.

Com que sense ulleres ho veia tot un xic borrós, no sabia si atribuir el mareig a la vista o al principi d'autohipnosi que exercia el mirall sobre la seva pròpia imatge.

Va valorar les possibilitats d'autohipnotitzar-se: d'una banda podia ser molt perillós, sobretot perquè ningú no el podria deshipnotitzar mai més i seria un nen hipnòtic tota la vida, després es convertiria en un jove hipnòtic, un home hipnòtic, i un vell hipnòtic i, quan es morís, seria un mort hipnòtic. Segurament sortiria al Guinness, i no podria anar a escola, ni treballar ni res d'això.

Tot i que tenia la seva gràcia, va pensar que era molt millor hipnotitzar algú altre.

Poc abans que arribessin els seus amics ja ho tenia tot preparat per a la tarda d'esperits, però, com que encara li quedava una estona, va pensar que seria un bon moment per hipnotitzar algú i impressionar en Jordi i l'Esteve.

Va triar la Lucil·la com a víctima propiciatòria. Si li prometia una aranya nova i li regalava la seva xocolata, es deixaria convertir en una exiliada russa, en una ballarina polonesa o en una caçadora boiximana. Ben segur.

LA LUCIL·LA no estava per hipnosis. Tenia un disgust còsmic i era la negativitat personificada. La senyoreta li havia rebutjat els dibuixos i l'obligava a repetir-los.

–¡Buuuuuu! ¡Són els millors dibuixos de la meva vida!

–Lucil·la, jo tampoc no hi veig ni l'arbre ni la caseta.

–Buuu, perquè no m'entens... Buuu.

No era ni el dia ni el moment per comprar la Lucil·la amb una vulgar xocolatina i una aranya. Estava en crisi artística.

Va veure passar la Càndida que semblava un figurí. Portava les faldilles plecs-plics, les sabates cloc-cloc i s'havia pintat els ulls. Darrerament semblava una papallona mutant, mai no sabies quin aspecte tindria i de quin humor estaria. Va descartar-la immediatament.

–Bub, bub, bub.

El Llamp Atòmic era tan fastigosament lleial i bon gos que li recordava constantment la seva faceta d'amo inútil. No el treia cap dia a passejar, no l'ensinistrava en res, no li preparava mai el menjar i el Llamp Atòmic encara el llepava.

¿Seria capaç d'hipnotitzar aquell gosset virtuós i fidel?

En Gaudenci va considerar que era un dret d'amo i se'l va endur a l'habitació.

–¡Llamp Atòmic! ¡Mira!

Era una medalla brillant. Curiosament el Llamp Atòmic se la va mirar i en Gaudenci va parlar amb convenciment.

–Vull que et concentris, ¿ho entens? Relaxa't i concentra't. Ets un gos miserable, sense voluntat. Només tens la voluntat del teu amo, i el teu amo et mana que et posis panxa enlaire. Escolta'm bé, Llamp Atòmic.

En Gaudenci va sentir que la pelussa del clatell se li eriçava. El Llamp Atòmic s'havia ajagut panxa enlaire i, immòbil com una carxofa, esperava la seva ordre. ¡L'havia hipnotitzat!

La Càndida va irrompre a l'habitació fent voleiar les faldilles com un cicló.

–Gaudenci, maco, m'hauries de fer un favor. Mmm. Veuràs, és que la Lucil·la està dibuixant a l'habitació i en Viqui Pigallat ha de venir aquesta tarda.

¡Allò era fantàstic! Mostraria a en Viqui els seus poders.

En Viqui Pigallat tenia disset anys, era un expert en ciència-ficció, devorava llibres a la biblioteca com ell i era un fenomen intel·lectual: tocava el saxo, pintava, opinava de tot i sempre tenia raó.

En Gaudenci el va conèixer a la biblioteca i automàticament el va considerar el seu mestre. L'adorava i per això l'havia convidat a casa seva per intercanviar novel·les. Naturalment, com que n'estava tan orgullós, l'havia presentat a la Càndida feia un mes per tal d'impressionar-la, perquè la Càndida sempre deia que els seus amics eren uns subnos. El que no hauria cregut mai era que en Viqui es pogués fer amic de la Càndida. La setmana anterior ell havia fet d'intermediari. En Viqui havia regalat a la Càndida *Les cròniques marcianes*. ¡Quina estupidesa!

–¡Iuupiii! Així em podrà ajudar, perquè va ser ell qui em va deixar els llibres d'espiritisme i veurà que tinc poders i...

–¿Ajudar-te en què?

–En la sessió que farem ara en Jordi Jardinet, l'Esteve Noguipis i jo.

La Càndida es va atabalar.

–¿Que fareu una sessió d'espiritisme, a casa, aquesta tarda?

En Gaudenci no estava per la Càndida, estava

preocupat per una altra cosa. ¿Com era que en Viqui Pigallat venia a casa i no l'avisava, i en canvi avisava la Càndida?

–¿I com ho saps, que en Viqui vindrà avui?

–Em va trucar i m'ha de portar un llibre.

–¡Però si no llegeixes! Véns a l'habitació perquè t'expliqui el final dels llibres perquè et fa mandra acabar-los, i no havies entès un sol capítol de les *Cròniques marcianes* perquè et pensaves que Mart era un estat de la Unió, i no sabies qui era en Tolquien ni l'Assimov i...

–¡Hi tinc tot el dret!

La Càndida va sortir fent petar la porta.

En Gaudenci va quedar sol en actitud meditativa al costat del Llamp Atòmic, que semblava un pollastre a l'ast. Era evident que tothom tenia drets. L'únic que no havia sabut defensar els seus era ell.

¡En Viqui l'enganyava! En Viqui l'enganyava amb la persona més estúpida del món. ¿Com podia parlar de llibres amb la Càndida? La Càndida només servia per jugar a bàsquet, cridar, donar puntades de peu i explicar històries truculentes per telèfon. Era molt simpàtica amb qui volia, sí, però era insensible a la literatura, i en canvi en Viqui s'estimava més parlar amb ella de llibres.

Va sentir veus al menjador. Era la Coia, la veïna de dalt. En aquell moment van arribar els seus compis.

–Home, Denci, sembles en Robinson Crusoe, aquí, amb el gos i amb aquesta cara que fas de nàufrag.

–Tio, vinga, treu gots i espelmes que tinc ganes de riure.

En Gaudenci va reaccionar.

–He hipnotitzat el Llamp Atòmic.

Ho va dir, però realment tant li feia perquè havia perdut l'entusiasme. El Llamp Atòmic feia impressió allà al mig, escarxofat, a punt de rostir, amb la mirada absent i la llengua fora.

Els seus amics el van tocar, admirats.

–¡Òndia, sembla que li hagin fet un electroxoc!

–O que hagi esnifat cola.

En Gaudenci podia haver-se sentit molt orgullós, però en aquells moments va sentir la veu d'en Viqui al menjador i el cor li va fer clic. Immediatament la Coia va entrar a l'habitació i va avisar-los severament.

–Que ningú no surti d'aquí dins. La Càndida i en Viqui estan parlant de coses molt serioses al menjador, i no vull que els molesteu.

–¡Hiiiiiiiii! ¡S'estan enrotllant, uuuuuuuu!

Aleshores en Gaudenci ho va entendre. Li va fer tanta vergonya que es va posar vermell, lila, verd, violeta i groc. ¡Que n'era d'ase! ¡En Viqui passava d'ell perquè l'interessaven més les tetes de la Càndida! Era un descobriment tan punyent que no sabia si posar-se a riure o a plorar.

Que en Viqui Pigallat s'enrotllés amb la seva

germana, que d'altra banda li semblava inconcebible, significava que aquestes banalitats passaven per sobre de l'amistat veritable i el compromís intel·lectual. Misèries de les misèries, en Viqui era un miserable que anteposava un parell de cuixes formidables a una meravellosa conversa sobre el tercer ull, el karma i l'aura del Llamp Atòmic.

–¡Vinga, comença d'una vegada!

En Gaudenci volia començar però se sentia desmanegat. La traïció d'en Viqui li havia fet perdre poders.

Van passar mitja hora fent totes les combinacions possibles de gots, de mans, d'energies i de veus guturals. No van tenir èxit. En Gaudenci no es podia concentrar.

–Potser és cosa de l'espai. Potser al menjador, els esperits estarien més amples i vindrien.

–Si els posem *Bola de Drac Z* segur que vénen.

La Coia, que els vigilava atentament, ho va trobar raonable.

Van recollir gots, cadires, espelmes, llibres i gos, i es van traslladar de domicili.

En Gaudenci va intentar dissimular amb en Viqui.

–Hola Viqui, ¿per què no ens ajudes a convocar esperits?

–¡No els molestis, he dit que tenen molta feina!

En Viqui no el va ni mirar, només tenia ulls

per a la Càndida, era com un drogodependent, havia perdut la seva personalitat, ¡quina pena!

En Gaudenci es va jurar que mai no cauria tan baix i es va asseure, resignat, a la nova taula. No confiava gens ni mica en els seus poders. Segurament mai més no tindria poders per deshipnotitzar el Llamp Atòmic i quedaria convertit en un gos-carxofa per sempre més.

–Au, vinga, que aviat hauré de marxar.

La Lucil·la havia acabat els seus dibuixos i va voler assistir a l'exhibició. Ella i la Coia se'ls miraven des del sofà.

–¡Manifesta't, esperit!

Li faltava convenciment. Hi va tornar.

–¡Manifesta't, esperit!

I aquest cop l'esperit es va manifestar. Va ser un lament profund, vingut del més enllà. A en Gaudenci li van caure les ulleres sobre la taula. Havia perdut l'aplom, però encara tenia poders.

–Manifesta't.

–¡Uuuuuuuuuuuuuuuuuu!

En Jordi Jardinet es va guardar l'hàmster a la butxaca i es va preparar per tocar el dos.

La Lucil·la estava molt contenta, en Jordi i l'Esteve, escagarrinats. La Coia sospitava alguna anomalia i en Gaudenci gaudia d'una situació inesperada.

–¿Ets amic o enemic?

–Uuuuuuuuuuuuuuuu.

–És un enemic que ens ve a treure els ulls –va afirmar la Lucil·la, que era molt sanguinària.

En Jordi i l'Esteve ja en van tenir prou. La taula tremolava i els gots feien clinc, clinc.

–¡Se'm refredarà la sopa!

–Tinc una tieta a la clínica amb apendicitis.

En Gaudenci no els va retenir. L'endemà seria famós, admirat i respectat. Ningú no dubtaria dels seus poders.

Inexplicablement, amb el quart crit d'ultratomba el Llamp Atòmic es va deshipnotitzar i va sortir rabent cap a la porta del passadís. La Coia també va prendre la mateixa direcció.

Efectivament, els crits venien de l'habitació i era la Càndida qui cridava. La Coia els havia tancat amb clau i no podien sortir.

En Gaudenci va negociar ràpidament amb la Lucil·la.

–Tres piruletes si no dius que qui cridava era la Càndida.

–Cinc de maduixa súper.

–D'acord.

Ben mirat havia perdut un amic, potser només tenia mitjos poders però havia guanyat un cunyat i s'havia catapultat a la fama. No li va semblar un mal balanç.

Un dia o altre descobriria la misteriosa raó de la seva existència.

Fins aleshores procuraria existir de la millor manera possible.

8 *Circuits encreuats*

EN GAUDENCI escoltava la profa de cata amb cara de mongeta estofada.

Els parlava sobre llibres i vocacions literàries i això, combinat com si fos una amanida russa, resultava explosiu per a un Gaudenci que no havia reflexionat mai sobre el seu potencial humus literari.

«Tots els grans escriptors han estat uns grans lectors. Sense la base de la lectura no hi ha solidesa ni coneixement lingüístic suficient per poder ser capaç d'escriure.»

Era un discurs habitual i recurrent al voltant de Sant Jordi. Calia engrescar els alumnes perquè participessin en el concurs literari de narracions. El darrer any havia estat tristíssim, dels sis premis convocats, el jurat va haver de declarar tres modalitats desertes per falta de concursants.

Aquesta vegada, en Gaudenci s'havia sentit tocat. La Mariona-que-bona, com li deien els nens de la classe, havia fet diana sense apuntar i, ves per on, havia tocat plenament en Gaudenci.

Feia una temporada que en Gaudenci vivia afectat per una reflexió existencialista i sovint es preguntava el motiu de la seva naixença. El discurs de la Mariona li havia fet concebre una esperança. Tal vegada ell era un escriptor.

Els escriptors no calia que fossin guapos, de fet no en coneixia cap que ho fos, tampoc no calia que fossin valents, orgullosos, simpàtics ni especialment encantadors. Ho tenien fàcil perquè s'ho podien inventar tot i no calia que mai ningú conegués la seva veritable i oculta personalitat.

Vocació, el que es diu vocació, no és que l'hagués sentit mai, però com que això de les vocacions ja estava desacreditat no es va amoïnar gaire. Tot era qüestió de decisió i predestinació. Sense una cosa no hi havia l'altra. Encara que el seu destí fos emular Dostojevskij, si no s'ho proposava passaria per aquest món, sense pena ni glòria i amb el convenciment que només era matèria biodegradable, és a dir, una cosa com ara un detergent ecològic.

ABANS QUE RESIGNAR-SE a ser un detergent va decidir-se a temptar la sort amb la literatura i presentar-se al concurs literari de Sant Jordi, en la modalitat de narrativa de ficció.

En acabar la classe, la Mariona-que-bona va

tenir una alegria quan en Gaudenci es va acostar a demanar-li les bases de la convocatòria.

–Mira, encara tens una setmana i tan sols has d'escriure una pàgineta a doble espai i sobre un tema lliure.

En Gaudenci va quedar decebut.

–¿Una pàgina?

¿Com podrien copsar el seu geni amb una ridícula plana a doble espai?

–Home, si et sembla massa llarg, amb mitja ja ens hi conformem.

Evidentment hi havia un malentès. La Mariona temia que s'espantés i en Gaudenci se sentia Balzac.

–Però... –va intentar protestar.

–No res, si té sentit, uns quants paràgrafs ja serveixen.

En Gaudenci no va discutir. Era evident que dubtava de la seva inspiració, de la seva capacitat i de la seva voluntat. Ho va deixar córrer i va sortir al pati amb en Jordi Jardinet.

–¿Et presentaràs al concurs literari?

En Gaudenci es va fer l'interessant.

–Bé, si trobo alguna estoneta perduda per fer la narració.

En Jordi es va deixar impressionar.

–¿Vols dir que la podràs liquidar en una estoneta?

–Si la trobo.

–¡Òndia!, i no et fa cosa això de pensar una historia. Jo ho he intentat algun cop però ja estan totes inventades, hem nascut massa tard, els prehistòrics ho tenien més fàcil.

–Però si és facilíssim.

En Jordi Jardinet estava admirat i en Gaudenci estava admirat de ser admirat. Abans d'escriure ja començava a tastar la glòria. ¿Què passaria quan guanyés el concurs literari? S'hi posaria aquella mateixa tarda.

MÉS QUE SUAR, en Gaudenci patia delírium literari en el transcurs del qual tremolava, suava, reia, plorava i s'aplaudia. Ara, escriure, el que es diu escriure es pot dir que escrivia poc, per ser més precisos no escrivia gens. Cada cop que ho intentava se li estroncava la inspiració.

Deixant de banda la natural animadversió que li causava la pàgina en blanc i les tecles de l'ordinador, hi havia un desacord d'ambicions. A ell no se li acudien paginetes insulses, ell concebia truculentes històries de milers de pàgines, toms interminables, trilogies... ¿Com es podia conformar amb una redaccioneta de no res?

En Gaudenci va passar una setmana davant la pantalla i el seu ànim dequeia paral·lelament a les seves ínfules. Hi havia alguna cosa estranya, li era impossible pitjar les tecles i treure'n res. Sentia que la inspiració omplia l'estudi, el marejava, l'atabalava. Ell només volia una pàgina, però la pàgina es negava a sortir.

¿Aconseguiria concretar el seu geni en una plana de trenta línies amb setanta caràcters? En tenia milions en el seu arxiu de lector.

La darrera tarda el seu orgull estava en joc. Estava segur que ho podria fer. La Càndida, però, li ho va impedir.

–Fa dies que m'espero i no t'has mogut de davant de l'ordinador. Demà he de presentar la meva redacció per al concurs literari i no em puc esperar ni un minut més.

En Gaudenci sabia que tenia raó, havia monopolitzat aquella andròmina durant tota la setmana i li havia de cedir el lloc. De fet li ho va agrair, perquè així tenia un motiu de pes per no haver d'escriure la seva obra: era una pobra víctima de la tirania absoluta de la seva germana. Una sola cosa, però, li va cridar l'atenció.

–¿Penses escriure el conte, ara?

–Sí, és clar.

–¿I, i, ja el tens pensat?

–Ja se m'acudirà mentre l'escric, i ara tanca la boca que no em puc concentrar.

–Però, és molt difícil, no és fàcil, has d'estar inspirada per escriure.

–Si parles no podré fer res, i ara, evapora't que he tingut una idea.

En Gaudenci la va mirar d'esquitllentes. Efectivament havia començat a escriure. Era inconcebible.

–¡Estàs escrivint!

–¿Que et pensaves que venia a rentar els plats?

–Però, però no pots escriure si...

La Càndida es va atipar. Es va aixecar, va enxampar en Gaudenci per l'orella i el va arrossegar fora de l'estudi. Abans de tancar-li la porta al nas va fer-li un advertiment.

–¡Tingues la bocota tancada mitja hora!

En Gaudenci es va quedar al passadís mitja hora. No s'ho podia creure. A través de la porta sentia la seva germana teclejar amb fúria. Vint-i-nou minuts després la impressora va començar a roncar.

La Càndida va sortir de l'estudi amb un full ple de lletres a la mà esquerra. No tenia un aire afectat, ni prepotent, el portava descuradament, com si li fes nosa.

En Gaudenci es va empassar la saliva.

–¿Només has trigat mitja hora?

–¿I quant volies que trigués? ¿Una tarda, per a una plana? Al cap i a la fi és una redacció per al concurs literari. No puc perdre el temps amb aquestes estupideses.

En Gaudenci no gosava demanar el que volia demanar.

–¿Me la deixes llegir?

–Magnífic, i de pas em pots corregir les faltes.

La Càndida se'n va anar a fer coses importants i en Gaudenci va restar tremolós amb el full de la seva germana entre les mans. Havia de ser horrorós. No podia ser d'altra manera. La Càndida no podia liquidar una narració en mitja hora i sortir-li bé. Segur que era una abominació.

LA LYN tremolava de cap a peus. En acostar-se al llit de la seva germana Beth, havia percebut un soroll estrany, sospitós. Els roncs de la Beth no eren roncs humans. Grinyolaven com les portes mal tancades.

Ho sospitava, sospitava que tard o d'hora arribarien al seu amagatall i la descobririen.

Els robots havien cercat pacientment la seva pista i l'havien localitzat. No li havia servit de res canviar de família, de personalitat, fingir una amnèsia, falsificar els documents, no sortir de casa, emmetzinar el gos del carter delator.

Tot havia estat en va. Tenia els dies comptats i els minuts se li escolaven de les mans.

Acabava de descobrir que la Beth també era un robot.

¿Des de quan? Potser des de sempre. Alesbores els seus pares adoptius..., tots eren robots. Que estúpida, per això li servien el menjar a part.

Tenia dos recursos. Deslliurar-se'n o continuar fugint.

Deslliurar-se'n significava la fi de les seves esperances, i ella no era una perdedora.

Ràpida com un llampec es va decidir a actuar. Els destruiria de l'única forma possible.

D'esquitllentes va sortir de la cambra i va donar un darrer cop d'ull a la Beth. Se li va escolar una llàgrima galta avall. Havia arribat a estimar-la com una humana de carn i ossos, però ara no podia deixar-se vèncer per la tendresa.

Va sortir corrents cap al garatge i va agafar els bidons de benzina. El foc era el gran enemic de la Beth.

Las flames llepaven l'edifici i la Lyn contemplava el dantesc espectacle des de la glorieta. Aleshores la va sentir. Els va sentir a tots. Els robots cridaven, el foc els immobilitzava fins que es fonien. Quan tot fossin cendres, ella continuaria el seu camí incert a la recerca d'altres humans.

Es va tapar les orelles però els crits de la Beth li feien mal. No, no podia deixar-la morir. Ella se l'havia estimat, ella havia estimat la Beth.

Va córrer com una esperitada fins a la cambra i, travessant la muralla de foc, la va agafar a coll i la va rescatar d'entre les flames.

La Beth al jardí somreia al seu costat.

–¿Per què ho has fet?

La Lyn va dubtar. La va abraçar i va contestar a contracor.

–Perquè sóc humana.

En Gaudenci va estar a punt de desmaiar-se. Es va refer de l'impacte i va picar tímidament a la porta de l'habitació de la Càndida.

La seva germana s'estava pintant les ungles dels peus.

–Càndida. Ehem..., està bé. No hi tens cap falta.

–¿Ah, no? Deixa-me-la sobre el llit.

–Ehem..., ¿i com se t'ha acudit?

–Pseè, m'he assegut i m'ha vingut la història al cap.

–Com si, com si estigués voltant per l'estudi i de cop t'hagués enxampat.

–Sí, més o menys.

En Gaudenci va sortir més alleugerit. Era el que es temia. Tota la seva inspiració acumulada durant setmanes en aquell estudi de dimensions reduïdes havia anat a parar a la coco de la Càndida.

Aquell era el seu conte, li corresponia, era el conte que havia volgut fer tarda rere tarda, que surava descodificat dins les tecles de l'ordinador fins que simplement la Càndida les va pitjar, es va trobar el conte i l'hi va robar.

Tot es reduïa a una simple qüestió de circuits encreuats.

9 *Mates arrebossades*

EN GAUDENCI estava castigat perquè havia portat unes notes desastroses. En comptes d'anar al casament de la cosina Núria els pares havien decidit que es quedaria a casa estudiant matemàtiques tot el dissabte.

Havia arribat la primavera esplendorosa i ell havia de prescindir d'un dia assolellat i radiant, tancat en un pis i formulant horribles problemes, mentre els seus germans menjaven pastissos i confits i jugaven a pirates amb els cosins de Girona. La perspectiva era vomitiva.

En Gaudenci estava de pega, aquella temporada. Les mates, per una casualitat del destí, se li van ficar a l'ull esquerre de bon començament i se li van interferir amb la lectura més apassionant de la temporada. Com que el *Senyor del anells* i les fraccions eren del tot incompatibles havia extraviat el fil, com l'Ariadna aquella, i s'havia perdut miserablement en un laberint tortuós de decimals ferotges i números naturals desfermats que el perseguien, implacables. Ell no hi havia donat excessiva importància, però els pares i el profe, sí. ¡Coses de la vida!

La vida d'en Gaudenci no es reduïa tan sols a les proves de mates..., la resta d'experiències també deixaven molt a desitjar. No era un bon amo del Llamp Atòmic, ni un mèdium amb poders ocults, ni un escriptor genial; per no ser no era absolutament res i la collita de zeros era generalitzada. Començava a sospitar que tot plegat era massa significatiu.

Si en comptes de viure a Barcelona i dir-se Gaudenci visqués a Los Angeles i es digués Gaudensi, s'hauria considerat un fracassat i hauria anat a un psiquiatre; però afortunadament encara sospirava per un dia de sol i s'empassava novel·les i iogurts de maduixa amb delit.

Potser no sabia quin era el seu lloc a la vida, però tenia un desenvolupat sentit de la supervivència, i aquell matí, en veure un raig de sol juganer que entrava per la finestra, només el preocupava una cosa: ¿podria sobreviure un dissabte de primavera estudiant matemàtiques?

–Gaudenci, corda't les sabates que l'Antònia arribarà de seguida.

L'Antònia era la professora que li faria classe aquell dia. Aquesta era l'altra incògnita. ¿Aconseguiria sobreviure un dia sencer al costat d'una odiosa i avorrida professora de matemàtiques?

–Gaudenci, nosaltres marxem. Sobretot, porta't bé i estudia força, pensa que dilluns tens la recuperació.

En Gaudenci va acomiadar la família empolainada, amb les bambes cordades i el llibre d'exercicis sota el braç.

¿Quan arribaria l'Antònia dels nassos?

–¿COM VA sa moral?

En Gaudenci no entenia absolutament res. Davant seu tenia una noia d'edat indefinida, parapetada darrere d'unes ulleres de sol i amb un cistell de vímet penjat del braç. Devia ser l'Antònia, naturalment, però no cabia dins els seus càlculs que una profa de mates li preguntés per la moral.

Es va encongir d'espatlles i va murmurar un «pssèèè» fàcilment interpretable. Si més no l'Antònia el va interpretar immediatament.

–Sa moral no hi és. Vaja, vaja, sa moral és imprescindible per a ses matemàtiques, sense moral es números són horribles.

En Gaudenci, atònit, la va acompanyar fins al menjador i va contemplar com la suposada professora de moral obria el cistell i n'extreia a una col·lecció de gatets.

–¿T'agraden ets moixets?

Va suposar que moixet significava gatet, l'Antònia era mallorquina. Abans que pogués contestar, el Llamp Atòmic va contestar per ell. ¡Es va atansar als intrusos, els va ensumar un per un, va remenar la cua i els va llepar! ¡El que faltava! ¡El Llamp Atòmic no tenia instints de gos! Quina vergonya. L'Antònia estava tan sorpresa com ell.

–¡Al·lucino mandonguilles! ¡Un ca amic d'ets moixets! Vine vora meu, gosset, llepa n'Antònia. ¿Com te noms?

Qui al·lucinava mandonguilles era en Gaudenci, que mai no havia vist el Llamp Atòmic tan entusiamat amb un visitant. Es rebolcava sobre la catifa jugant com un boig damunt la profa de no sabia què i la mitja dotzena de gatets de ses illes. Era tot un espectacle. L'Antònia li va fer un gest perquè s'atansés i en Gaudenci no va poder resistir la temptació. S'hi va afegir. Com a conseqüència de la singular batalla, el llibre de mates va quedar estripat, esgarrapat i llepat, les bambes d'en Gaudenci van recuperar el seu estat natural de descordades i les ulleres i el rellotge van anar a raure a llocs insòlits.

Quan es va posar dret, ple de pèls i xop de llengües, l'Antònia li va fer l'ullet.

–Es teu ca és sensacional, deus estar-ne molt orgullós.

En Gaudenci va haver de reconèixer que sí, la faceta juganera del Llamp Atòmic no l'havia explotada gens. Aleshores es va adonar que la moral li havia pujat una miqueta. ¡Kòsmik! ¡Quina eficàcia!

L'Antònia mirava al seu voltant, concentrada.

–Falten moixets.

En Gaudenci va voler ajudar-la.

–¿Quants n'hi havia?

–Sa moixa en va parir set però un moixet va morir en néixer. Dets altros, la meitat eren tigrats, i l'altra meitat, tacats; dets tigrats una tercera part eren moixetes, perquè ses moixetes tenen tres colors, i dets tacats dues terceres parts només tenien taques blanques i negres, i sa resta les tenien, negres, blanques i grises. S'han perdut ses moixetes.

En Gaudenci va traduir la informació.

–Falten dues gatetes, una de tigrada de tres colors i una altra de taques blanques, grises i negres.

La deducció va ser tan fulminant com la descoberta de les dues gatetes pel Llamp Atòmic, que havien anat a parar dins del parc d'en Marcel·lí i se li disputaven la pipa.

L'Antònia es va ajustar les ulleres de sol i es va fregar les mans.

–Fantàstic. Ses fraccions a ses escombraries. Amb sa moral dalt es núvols ets un Einstein.

En Gaudenci no hi havia caigut. Havia resolt un fastigós problema de mates sense fer servir ni un paper, ni un boli, sense gratar-se el clatell ni suar sang. Devien ser mates mallorquines.

–¿Tenc fam. Preparem es dinar?

A en Gaudenci, al Llamp Atòmic i als moixets els va semblar una idea molt bona.

L'ANTÒNIA va obrir la nevera i va servir als cadells un gran plat de llet. Les set llengües, xarrupant alhora, feien més soroll que la centrifugadora, i en Gaudenci no va poder sentir la pregunta de l'Antònia. Anava d'arrebossats. Va suposar que li demanava si li agradava la carn arrebossada i va assentir, però davant la seva sorpresa l'Antònia va buidar la nevera i va arreplegar xampinyons, albergínies, cols de Brussel·les, pebrots, carbassons i conill.

–Au, espavila't.

En Gaudenci no donava crèdit al que veia. ¿Pretenia arrebossar-ho tot?

Però l'actitud de la seva profa no admetia dilacions. Amb la fe dels qui creuen, va entaforar-se un davantal de la mare i es va posar a la feina. Al cap de poc l'empastifada era èpica i l'afició d'en Gaudenci creixia per moments.

–Ja he acabat, puc, ¿puc arrebossar més coses?

–Totes ses coses són boníssimes, arrebossades.

En Gaudenci va xalar amb l'orgia arrebossadora i va afegir, a l'estrafolària llista, pèsols, galetes, pinyons i bollicaos. De sobte, l'Antònia es va aturar pensativa.

–Si en un quilo de pèsols n'hi ha dos-cents trenta sis i es quilo val cent-trenta pessetes, m'agradaria saber quant costa cada pèsol que ens mengem arrebossat.

En Gaudenci estava llançat i fins i tot emocionat per la pregunta, era la més apassionant que li havia formulat mai ningú abans de dinar i amb l'estómac buit.

–Aleshores hem de saber quant val un ou i un paquet de farina de galeta.

L'Antonia estava capficada.

–Es ous de Ricmar són a seixanta-nou sa dotzeneta esquifida i es paquet de farina de dos-cents, a cinquanta-tres; però d'oferta, a quaranta-nou.

En Gaudenci va afegir una altra ampolla de llet al plat dels quadrúpedes i va contestar fulminant.

–A mi em surt que cada pèsol costa setanta-un cèntims, però com que ens els mengem amb la cullera i en caben deu, cada cullerada de pèsols val set pessetes amb deu cèntims. ¡Ospa! ¡Quanta pasta!

–Ses culleres mallorquines són més misèrrimes, i com que es pèsols de ses illes són més gordets n'hi caben quatre per cullerada.

–Doncs aleshores surt més barat, una cullerada a Palma són dues peles i mitja.

La paella feia crec, crec, i l'aroma d'arrebossat impreganava les rajoles de la cuina. L'Antònia va llençar les peles de les carxofes i va mormolar satisfeta:

–Es decimals fregits són boníssim.

En Gaudenci hi va estar d'acord. Va agafar un pèsol amb la punta dels dits i mentre bufava se'l mirava amorosament. Vet aquí setanta cèntims arrebossats, que desapareixerien gola endins. El cuquet de la curiositat l'havia atrapat.

–¿I un xampinyó arrebossat? ¿Quant deu costar?

EN ACABAR el festí de crec-crec, en Gaudenci ho havia calculat tot. S'hi havia aviciat. Sabia el preu de la fulla de carxofa, el cost d'una vuitena part d'albergínia i el preu d'un xampinyó nan.

L'Antònia va fer una darrera proposta tan o més sàvia que les altres.

–Pairem s'arrebossat i es decimals tot mirant sa tele. Sa classe és ben acabada.

En Gaudenci va compartir una meravellosa tarda de tele amb el comandament a distància, l'Antònia, els moixets i el Llamp Atòmic.

Mentre mirava els dibuixos no va poder resistir la temptació de calcular el cost d'electricitat de la tele i el preu d'un segon de dibuixos. Baratíssim, fins i tot més barat que el preu d'una pàgina de llibre i que el desgast de la sola de les sabates mentre jugava a futbol.

Quan l'Antònia es va acomiadar, en Gaudenci es va entristir.

–¿T'estims ses mates arrebossades, ninet?

A en Gaudenci la resposta li va sortir del fons de tot.

–He al·lucinat mandonguilles arrebossades.

10 *El geni de la psicohistòria*

EN ROQUI TRÍCEPS tenia fregit en Gaudenci.

En realitat es deia Flores però, com que el cognom no responia a la seva monumental carcassa, els companys de la classe l'havien rebatejat en honor als seus atributs.

En Roqui Tríceps gaudia de molts honors, com ara abusar cruelment de qualsevol mitja merda que s'interposés en el seu camí.

Aquesta era la desgràcia d'en Gaudenci.

Un mal dia va cometre la pífia de trepitjar-li el dit petit del peu i ja hi va estar armada. En Roqui Tríceps s'hi va rabejar a consciència durant sis mesos i li va triturar les bambes noves, li va fer pols la cartera, se li va cruspir un parell de llibres, el va arrossegar pels cabells pel mig del camp de futbol i li va llençar les ulleres per la finestra una tarda que el profe dissertava angèlicament sobre Pitàgores i els seus maleïts triangles.

En Roqui avantatjava dos pams, tres anys i vint quilos a la resta dels alumnes de la classe.

De cervell no en tenia gaire, però li sobrava massa muscular, i això ja era prou garantia de respecte incondicional. A mesura que passava el curs en Roqui esdevenia un energumen dictador que desmanegava la tímida oposició amb un cop de puny ben ventat.

En Gaudenci va intentar dialogar-hi i disculpar-se inútilment, va ordir diverses estratègies fallides, va intentar organitzar un grup d'heroics resistents, que va ser desfet i dispersat a la primera topada, i finalment va assistir, impotent, a la coronació del gran dictador com a líder indiscutible del curs.

De primer va pensar que ell i els seus companys no tenien dignitat però en llegir *La Fundació* i reflexionar sobre la psicohistòria va deduir que la seva classe es regia per codis troglodítics i que en Roqui era el seu home de Cromanyó.

Els únics resistents eren el profe i ell, en Gaudenci.

Mentre en Gaudenci rumiava la forma d'abatre el tirà, basant-se en complicadíssimes variables irresolubles, el profe va sucumbir i en Gaudenci es va quedar sense aliat.

Tampoc no és que fos una gran cosa, el profe. Era un bon noi que creia en l'ensenyament, tenia fe en la condició humana i es pensava que les coses s'aconsegueixen a força de perseverància i fe. No va tenir en compte que en Roqui no era un exemplar humà. Era un troglodita.

Una tarda, la directora els va comunicar que

el pobre profe havia demanat la baixa a causa dels nervis.

Mentre esperaven el substitut de l'ex-profe depressiu, en Roqui celebrava la seva victòria amb fanfarronades i preparava una ofensiva directa contra el pobre que hauria d'enfilar-se a la tarima durant el mes i mig que quedava de curs. En Gaudenci se sentia perdut.

–¡Bah, un substi desgraciat! El faré pols en una tarda.

En Roqui s'estava dret, com de costum, potser perquè les cames no li cabien sota la taula o perquè el poguéssim veure des de tots els angles possibles. En Gaudenci va retenir la respiració. La porta era oberta i per això en Roqui, que hi estava d'esquena, no va veure entrar un home alt, cepat i moreno que caminava amb les mans a la butxaca i cara de pocs amics.

En Gaudenci el va observar amb deteniment. El serrell li tapava gairebé els ulls, però en aquella mirada mig amagada hi havia un punt d'arrogància que, evidentment, li mancava a l'ex-profe perdedor.

En advertir la seva presència tots van emmudir i en Roqui es va girar, però no es va asseure. Lluïa un somriure mofeta. Se'l va mirar de dalt a baix i el va reptar.

–¡Home, tio! ¡Tu ets el substi! Arribes tard, tio, et trauran el plus de puntualitat.

La classe era un partit de tennis, totes les mirades es van adreçar a la tarima, esperant la resposta adequada, pendents dels oponents, per decantar-se cap a un bàndol o cap a l'altre; a ningú no li agrada pertànyer al grup dels perdedors.

En Gaudenci va sentir una suor freda que li relliscava pel nas i li feia trontollar les ulleres. Se les va agafar amb totes dues mans alhora per veure-s'hi millor. Aquells minuts del duel eren simbòlics, però fonamentals.

El substi no es va immutar, es va enretirar el serrell de la cara amb un rebuf d'avorriment, i molt seriós, sense vacil·lacions, va avançar pel passadís en direcció a en Roqui.

Es podia sentir el soroll d'una formiga a la pissarra.

En Roqui mantenia el somriure, però de mica en mica se li anava petrificant. El profe feia ara una passa, ara una altra, disminuïa les distàncies i no deia ni una paraula.

En Gaudenci va patir un curt circuit. Era en Gary Cooper.

En ser davant del provocador es va treure la mà dreta de la butxaca, com aquell qui es treu un paquet de cigarrets i, sense que ningú s'ho esperés, va atenallar el coll d'en Roqui per darrere, amb un gest ambigu. En Roqui va quedar immobilitzat. El professor li premia eficaçment els nervis del coll, però aparentment aquell gest es podia considerar una salutació. No feia cap esforç, ni suava, ni tremolava. En Roqui, sí. Aleshores va parlar calmosament però emfasitzant les paraules i mirant-lo fixament.

–Pep per als amics; per a tu, senyor professor.

Sense deixar de prémer els dits al voltant del coll d'en Tríceps es va dirigir a la resta d'alumnes.

–Vosaltres em podeu dir Pep.

En Roqui va protestar.

–¡M'estàs fent mal!

En Pep el va deixar anar immediatament.

–Ets molt delicat. Així saludo els nens de pàrvuls.

En Roqui es va posar vermell i la Carolina Espongeta va riure. Era el primer cop que algú reia d'en Roqui. En Gaudenci va pensar en la psicohistòria i el poder. Per desbancar un líder primer cal desprestigiar-lo. Amb un gran esforç va assajar una rialla estrident. Si li sortia malament li podia significar quedar-se sense dents, pel cap baix. Afortunadament la classe s'hi va sumar. En Roqui havia perdut el primer round.

En Pep els va fer callar fent un senyal amb el cap. Va allargar la mà.

–¿El teu nom?

–Roqui Tríceps.

En Pep va encaixar la mà d'en Roqui i des de la darrera fila es va sentir el catacrec dels ossos de la mà del líder. En Roqui va fer un crit i es va acostar la mà a la boca amb expressió adolorida.

–¡Òndia!

En Pep el va fulminar.

–¿Que tens morenes, Roqui?

Aquest cop sí que hi va haver un gran avalot. La Fina Finet va estar a punt de pixar-se.

–Ho dic perquè si tens morenes i no pots seure, podem demanar un coixí al conserge.

En Roqui no tenia sentit de l'humor, les seves neurones no arribaven a tant, i va atacar frontalment com un toro.

–¡M'has fet mal! ¡M'has pegat, et denunciaré!

En Pep no es movia del seu davant, li passava mig pam.

–¿Per què? ¿Per què t'he saludat així?

Un altre cop en Roqui va fer un crit de porc i va seure derrotat.

–Vejam, tu. –En Gaudenci va tremolar, l'havia triat a ell. Tenia una gran responsabilitat.

–¿Li he tocat un pèl, al teu company?

Aquella era la seva. En Gaudenci tenia la paella pel mànec però es jugava la dentadura sencereta.

–No, no, senyor, només l'ha saludat amicalment, tal com ho fa als nens de pàrvuls i li ha fet una encaixada, tot ha estat molt cordial, molt natural i...

–Gràcies, però em pots dir Pep.

En Pep es va allunyar de la taula d'en Roqui amb les mans a la butxaca, i es va acostar a la pissarra. Evidentment no hi havia ni un guix ni un esborrador.

–Veig que us heu polit els guixos.

Tots estaven escampats per terra.

–Hi haurem de trobar alguna solució.

Un munt de mans es van aixecar. Tothom volia sortir de la classe i anar a demanar guixos al conserge.

–Roqui, sisplau.

En Roqui es va aixecar triomfal. Li reconeixia el dret adquirit a sortir de classe.

–Roqui, fes el favor de recollir els guixos de terra i d'esborrar la pissarra.

–¿De ter... ra?

–Naturalment.

En Roqui va clissar la mà d'en Pep, que es movia inquieta dins la butxaca i, de mala gana, va fer un passeig per l'aula, xutant les restes de guixos amb els peus. Un cop els va tenir apilats davant la tarima el va desafiar. Encara no es donava.

–No puc esborrar la pissarra si no hi ha esborrador.

–No et demanava que l'esborressis amb l'esborrador, naturalment pots fer-ho amb la llengua o amb la mà, com t'estimis més.

En Roqui, per una vegada a la vida, va estar enginyós.

–Ho faré amb el cul.

Aquest cop l'auditori el va aplaudir. Estaven empatats.

El cul d'en Tríceps arribava fins a mitja pissarra i amb moviments circulars i la boca oberta de satisfacció va esborrar-la tota. En acabat va fer petar la llengua i va fer l'ullet a la classe.

–Tinc un cul sensacional.

En Pep es va tornar a treure les mans de la butxaca.

–Sí, però em sap greu perquè t'ha quedat una mica brut.

En Gaudenci va fer un bot a la cadira en sentir el primer cop sol·lícit amb què en Pep va espolsar els pantalons del tirà. Va tancar els ulls per no veure com en Roqui feia servir els seus tríceps, però curiosament no va passar res. ¡Que estrany! ¿Per què el bèstia d'en Roqui Flores, de malnom Tríceps, no li ventava un cop de puny al mig del nas?

De sobte ho va veure clar. La psicohistòria ho aclaria tot. En l'estadi de desenvolupament primari, en què regnava el Cromanyó, no existien les subtileses, tot era qüestió de castanyes, el qui la fumia més grossa era el rei. De moment, en Pep l'havia escalfat i manava.

¡I és clar! l'ex-profe la va espifiar perquè no sabia psicohistòria.

¿Però, es donaria en Roqui per vençut?

En Roqui, després del pati i d'endrapar un bocata de xoriço, es va sentir novament reenergetitzat i va tornar a la càrrega. Les calories del xoriço, però, no li havien arribat al cervell.

–Taller de cuina –va anunciar en Pep.

–¡La cuina és de marietes! –va retar-lo en Roqui, embotifarrat a la seva taula.

En Pep va tornar a avançar cap a ell tot traientse l'americana. En Gaudenci va prémer els punys. Molt bona, l'altre profe hauria dissertat sobre la condició dels sexes i hauria perdut. Palplantat davant d'en Roqui es va arromangar les mànigues de la camisa i va fer aixecar en David Diví.

–Doncs juguem-nos-ho com els homes.

–Com els troglodites –va murmurar en Gaudenci entre dents, aplaudint la reacció.

En Pep es va asseure, disposat a fer un pols amb el campió de bíceps i tríceps del districte. ¡Mai no vist!

En Roqui estava entusiasmat i va imposar les seves condicions.

–Si guanyo no hi va cap home, la cuina és cosa de dones i marietes.

En Pep va assentir amb el cap i es va rebufar el serrell. Els ullets li brillaven amb malícia. En Gaudenci dubtava. ¿Ho aconseguiria?

Però en Pep, a més de músculs, tenia cervell, cosa que al seu contrincant li faltava. Amb els braços rígids, els nervis tibants i la suor regalimant, en Pep va exclamar:

–¡Un ovni!

Evidentment en Roqui va mirar per la finestra, que és pel lloc per on acostumen a aparèixer els ovnis.

El va tombar.

EN ROQUI caminava davant de tots amb la cassola a les mans i somriure d'ovelleta.

–¿On la deixo, senyor professor?

En Gaudenci es va empassar la saliva. Inaudit. En Roqui adorava el nou rei Cromanyó perquè l'havia trinxat a consciència.

En Pep era un geni de la psicohistòria.

Es va prometre que si mai se li acudia ser profe estudiaria psicohistòria fins que li caiguessin els ulls. Només hi havia un petit detall..., ¿com aconseguiria els músculs necessaris per abatre troglodites?

Va concloure que triaria una altra professió.

11 *Campions*

EN GAUDENCI havia de presentar el treball d'història, dijous.

Dimecres es jugava la Copa d'Europa.

La situació era delicada. No podia multiplicar-se i la seva capacitat de concentració era limitada.

Si el Barça perdia la final, com ja era habitual, hauria fet el paperina davant la tele, assistint a una derrota deshonrosa. L'endemà ningú no en parlaria, i ell tindria un cate com una casa.

Si, al contrari, el Barça guanyava la Copa i ell es cremava les neurones amb el treball de natus, hauria desaprofitat l'oportunitat d'assistir a un episodi singular de la història contemporània del país. No ho podria explicar mai als seus néts i seria un infeliç.

Era un risc en tots dos casos. Havia d'optar entre l'un i l'altre, i un cop decidit fer fora els remordiments.

En Jordi Jardinet va ser la seva salvació.

A casa es vivia el rebombori dels preparatius

del partit. El pare i la Càndida ja havien pres posicions davant del sofà, la mare ficava en Marcel·lí al llit una hora abans, la Lucil·la feia trasllat d'aranyes a la catifa i reclamava una bossa de crispetes i el Llamp Atòmic bordava com un boig per fer més emocionant l'espera.

En Gaudenci va trucar a en Jordi Jardinet.

–Ehem, Jordi. Escolta, ¿tu penses presentar el treball d'història?

–¡Home, és clar!

–¿I, ja l'estàs fent?

–Ara m'hi poso.

–¿I, no veuràs el partit?

–Si fan algun gol ja el sentiré.

–I, glups, és que jo, no em trobo gaire bé i... ¿Em deixaries donar-li un cop d'ull demà?

–Dos xiclets bum.

–¿Què?

–Un cop d'ull val dos xiclets bum, i una afusellada, un màster de l'univers.

En Gaudenci li va agrair la seva sinceritat. La cosa quedava clara, si volia passar a la història com un espectador del partit de la Copa li caldria sacrificar un màster de l'univers. No li va semblar gaire abusiu.

–D'acord. L'afusellaré a la classe de natus.

Es va fregar les mans i va fer una visita a la nevera a fer provisions de iogurts de maduixa. La família li encomanava el nerviosisme.

–¡Bub, bub!

–¡Tanca el llum, imbècil, que enlluernes!

–¡No em trepitgis les aranyes!

–No em penso aixecar del sofà en tot el partit, o sigui que qui vulgui res que s'ho agafi ell mateix.

–¡Desconnecteu el telèfon! ¡No el vull sentir!

En Gaudenci es va sentir agombolat. Eren una família unida, unida i pendent d'una pilota miraculosa. Normalment no hi havia consens televisiu. Quan la mare volia veure l'informatiu, el pare s'encapritxava del concurs, la Càndida s'enrabiava pel reportatge, la Lucil·la somicava pels dibuixos i ell es quedava sense pel·li.

Aquell vespre, en canvi, regnava l'harmonia i el comandament va quedar oblidat i bavejat dins del parc d'en Marcel·lí. La pantalla era l'ànima de la família, el vincle invisible que fonia els sospirs, les mirades i les esperances.

La primera part va ser fluixa. Fluixíssima. Mentre feien cua per al wàter comentaven els incidents amb un cert desànim.

–Una merda.

–No hi ha emoció.

–No he pogut cridar ni un sol cop.

Un partit descafeïnat, tal vegada no valia un cate monumental d'història.

La segona part va començar amb embranzida.

–¡Patata!

–¡Entra!

–¡Mossega-li l'orella!

–¡Espagueti, macarroni! ¡Targeta! ¡Targeta!

–¡Córner! ¡Està venut, era un córner de cantonada Núñez!

Aviat van decaure altre cop els ànims, i la certesa de la pròrroga va fer que en Gaudenci es penedís d'haver perdut el temps. No tindria un màster de l'univers perquè havia contemplat un partit ridícul que acabaria amb penals.

Va permetre que el Llamp Atòmic llepés les escorrialles del tercer iogurt i va deixar que la Càndida li prengués vilment un pam de sofà.

Estava en baixa forma.

No es refiava gaire de les virtuts redactores d'en Jordi Jardinet. De fet no se'n refiava gens.

¿Tindria temps a la classe de natus de copiar i refregir un treball impresentable? La realitat era molt crua. I en Pep, el substi, era implacable i impietós.

Durant la pròrroga tenia la moral a l'altura de les aranyes de la Lucil·la, escampades damunt la catifa. Just en el moment que es plantejava si recollir-la, amorosir-la o ventar-li una puntada de peu per emprenyadora va sentir el locutor.

–¡Aquesta és la gran oportunitat!

Va oblidar la moral i les seves misèries i es va netejar les ulleres, no fos cas que veiés més pilotes del compte.

–¡Koeman, estàs més bo que la mantega!

La mare no es va escandalitzar pel vocabulari de la Càndida. Va serrar les dents i, brandant la forquilla, va exclamar: sanguinària.

–¡Ja són teus!

El pare va encendre un cigarret amb dits tremolosos.

–¡El serrell, compte amb el serrell, tio!

La Lucil·la va disposar les aranyes de forma que poguessin veure el supergol i va aconsellar-lo a crits.

–¡Despista'l! ¡Dribla-la! ¡Fes-li mossegar l'herba!

En Gaudenci va sentir-se imbuït del caliu familiar i va abraçar el Llamp Atòmic. La família que mira un partit unida i insulta unida és una família com cal. En aquell moment tothom tenia la sensibilitat a flor de pell, i en Gaudenci no sentia cap vergonya d'exterioritzar els sentiments. Quan Koeman fumia la puntada de peu va intuir que allò era història i que ell, per sempre més, hi seria dins.

–¡Gol! ¡Gol!

–¡Bub! ¡Bub!

–¡Tururut!

–¡Bummmm!

–¡Campions!

–¡La Copa!

No era possible. ¡Era inaudit! Era, era immortal. ¡Havia assistit a un esdeveniment històric! ¡Quan fos vellet i ho expliqués, els seus néts el respectarien!

¡A pastar fang els treballs!

La família unida va embogir. Els minuts fins al final de la pròrroga van ser els més emocionants.

En sentir el xiulet de l'àrbitre, el pare va córrer a la cuina i va obrir el cava. La mare va repartir copes i van fer xin-xin al so de «campions».

El cel resplendia de coets, les botzines dels cotxes eixordaven el carrer, les trompetes se sentien des del wàter i el país sencer vibrava amb l'efemèride.

Eren les onze.

En ser les dotze, en Gaudenci sentia que les cames li feien figa, el cap se li enterbolia i el cansament se li manifestava en forma de fatiga meteòrica.

Aleshores va sonar el telèfon.

Aquell era un gran dia i ningú no ho va trobar estrany. Era en Jordi Jardinet.

–Denci, tio, ¿has vist el partit?

–¿Però que no feies el treball d'història?

–No he pogut resistir-ho. Devia ser l'únic imbècil del país que estava pencant. L'he vist tot i no he escrit ni una ratlla.

En Gaudenci va assimilar el zero des del seu optimisme. S'estalviava un màster de l'univers.

–¡Ha estat massa!

–¡El Salinas, guai!

–¡L'Stòitxkov, increïble!

–¡El Zubi, un as!

Van concloure la conversa corejant el Campions.

En anar-se'n al llit, en Gaudenci se sentia immensament feliç.

DE BON MATÍ, en Gaudenci no va veure les coses tan clares.

No tenia treball d'història. Es quedaria sense repesca i no tenia cap altra oportunitat fins al setembre. A casa el torturarien tot l'estiu per culpa del maleït cate. No el deixarien anar a la piscina, li prohibirien llegir, li controlarien les pel·lis i viuria tres mesos amargat i esclavitzat.

Però eren campions.

Aquesta idea ja no el consolava tant.

Els remordiments el torturaven.

¿I si...? Totes les solucions li semblaven precipitades. Fer campana era impossible. Escriure un treball a l'hora del pati, una barbaritat. Demanar una pròrroga a en Pep, un «no» previsible.

Un altre cop la seva moral no l'acompanyava.

Va consolar-se pensant en la immortalitat, però, no sabia per què, se li interferia un estiu mortal i plagat d'injustícies i abusos.

Va reflexionar.

Ell era lliure. Bé, gairebé lliure. Havia pres una decisió madurada. Bé, no gaire madurada. L'aposta havia estat un èxit. No es podia considerar un èxit absolut.

En resum, eren campions i tenia un cate. S'ho va repetir fins a l'infinit i va entrar a classe amb el cap ben alt.

El van rebre amb trompetes i ovacions. La classe estava esvalotada.

En Pep va arribar amb cara de pocs amics. Va

indicar silenci i va fer aixecar a la Carolina Espongeta.

–¿Vas veure el partit?

La Carolina va somriure d'orella a orella.

–Sí, senyor.

–¿Has fet el treball d'història que havíeu de presentar avui?

–No, senyor.

En Gaudenci va contemplar la Carolina amb els ulls atònits. Havia respòs amb aplom, sense remordiments, se sentia orgullosa.

–¿Per què?

–Doncs perquè vaig pensar que el treball tenia repesca, però la Copa no.

I aleshores en Gaudenci no es va reprimir i va aplaudir. Aplaudia la Carolina i s'aplaudia a ell mateix. Havia trobat la resposta.

Va ser un gest tan espontani i tan apassionat que el curs sencer s'hi va afegir i la Carolina es va posar vermella com un tomàquet.

En Pep es va ficar les mans a la butxaca i els va indicar silenci.

–Suposo que ningú no ha fet el treball.

Efectivament.

En Pep els va fer l'ullet.

–Doncs us he de confessar una cosa. Jo tampoc no he preparat la classe.

L'avalot va ser considerable, i en Pep els va deixar que s'esgargamellessin fins a quedar roncs. En finalitzar l'explosió va dirigir-se a en Gaudenci.

–A veure, Gaudenci. ¿Per què et creus que vosaltres no heu fet el treball i jo no he preparat la classe?

En Gaudenci no s'ho va pensar dues vegades.

–Les classes i els treballs, encara que siguin d'història, no són històrics, són mortals, però el gol del Barça ha fet història i serà immortal. Ens hem estimat més formar part de la història que no pas estudiar-la dels llibres.

Se sentia un filòsof campió amb Copa.

En Pep ho va corroborar.

–Gaudenci, acabes de descobrir la sopa d'all.

12 *Les vacances a la porta*

TOT COMENÇA i tot acaba, i el curs no n'és cap excepció. Sense fer soroll havien passat els nou mesos escolars, sinuosos com una serp, i ara les vacances trucaven a la porta de la vida d'en Gaudenci i l'enxampaven desprevingut.

–¡Però tios, d'aquí a dues setmanes, vacances! –va exclamar, esgarrifat, un matí al pati.

–¿En quin planeta vius? Des de Setmana Santa que tinc els dies controlats.

En Jordi Jardinet mastegava la botifarra amb parsimònia i no l'impressionava la imminència del canvi. En Gaudenci estava trasbalsat.

–Però, això vol dir que no ens veurem, i que farà una calda mortal, i que haurem d'anar amb la família a fer el paperina a la platja i...

–I que veuré la tele fins que em caiguin els ulls, i que menjaré gelats de tuti fruti, i que jugaré a pilota amb els bèsties del poble del meu pare, i que la iaia em farà uns bocates que n'hi ha per alimentar tot el tercer món, i que claparé dies sencers...

L'Esteve Noguipis tenia una percepció optimista de l'estiu. En Gaudenci, no.

En Gaudenci, sempre que advertia que s'interferia algun canvi transcendent a la vida, sentia terror. No sentia una passió especial ni particular per l'escola, i les classes i els exàmens el tenien fregit, però la incertesa del temps buit li produïa insomni.

–¿I podeu dormir pensant en això de les vacances?

En Jordi Jardinet i l'Esteve Noguipis estaven tan tranquils.

–Com un ós hivernat.

–¿Però, però no us fa angúnia no saber què fareu?

–Jo aniré de colònies amb el cau i a la muntanya amb els pares.

–Jo m'estaré un mes a casa els avis i un mes de viatge amb la tenda de campanya.

Naturalment, va reflexionar en Gaudenci, no tenien problemes. El seu estiu estava tan ocupat com un mes escolar. Tot era qüestió d'adaptació dels bioritmes. El seu cas era diferent. Dels dos mesos i mig, ell només tenia ocupats quinze dies i, per acabar-ho d'adobar, mal resolts: abominava la platja.

–Aquesta idea em deprimeix.

–Pitjor per a tu.

I es va deprimir. Primer es va adonar que no tenia gana i que no sentia cap plaer especial paladejant els iogurts de maduixa. Poc després es va obsessionar pel seu gos, l'irritava la seva simpatia, els lladrucs despreocupats i la llengua humida. Una tarda que el Llamp Atòmic estava especialment juganer i afable, fins i tot li va ventar una puntada de peu i el va enviar a pastar fang.

Però el més gros va succeir una nit que, empipat, va tancar el llibre, precisament en el capítol més emocionant. Mentre es regirava al llit buscant una postura una mica còmoda, pensava que el protagonista ja s'ho faria i que, si era tan idiota per internar-se en una selva sense ni un miserable ganivet i no era prou espavilat per construir-se un refugi en un arbre, no havia de ser ell qui patís per un protagonista mancat de seny. No era el seu problema. D'altra banda, ell ja anava ben servit de problemes.

I el va abandonar sense cap remordiment.

L'endemà, en veure el llibre a terra amb els fulls esbatanats i recordar-se del seu pobre protagonista, mort de fam i escagarrinat, se li va encendre una llumeta. Aquest comportament era tan inaudit en ell que alguna cosa li devia passar. Ell era fidel als seus llibres, al seu gos i als seus iogurts.

–¿Gaudenci, et passa alguna cosa? –li va preguntar la mare en veure'l entrar al wàter sense llibre.

–¿Gaudenci, estàs *out*? –va inquirir la Lucilla, que en deixar-lo sense iogurts no va rebre cap queixa.

–¡Bub, bub! –hi afegia llenya, el fidel Llamp Atòmic, estranyat pel comportament de l'amo.

–¡Però, Gaudenci, no facis aquesta cara de mussol, has aprovat les mates! –va escridassar-lo en Pep, en donar-li la nota de la recuperació.

No hi havia res a fer. En Gaudenci, en saber que havia aprovat les mates encara es va deprimir més. Si no tenia res penjat... ¿què estudiaria? Seria un inútil desvagat.

–Tio, cada dia ets més avorrit –li recriminaven els amics.

–¡Esfuma't, microbi en formol! –el va insultar la Càndida.

Això és el que era ell. Un miserable microbi en formol que no servia ni per encomanar malalties. La seva vida era una estafa, ell, un estafador, i el temps era el seu enemic perquè no sabia com omplir-lo, com matar-lo ni com ferlo consistent.

–Em faria il·lusió un polo de llimona –va exclamar la Lucil·la.

–Per Sant Joan –li va respondre la mare.

–¡Iuupiiii! Ja no me'n recordava. Tirarem petards i saltarem fogueres. ¡Iuupiiii! –cridava la Lucil·la.

En Gaudenci la contemplava amb enveja. Hauria volgut tenir deu anys i el coco petit com la Lucil·la i entusiasmar-se per un polo de llimona i uns petards ridículs.

El seu estat cada dia era més preocupant. Després de la gana i l'interès per les coses, va perdre la il·lusió i, poc després, el va envair una pena profunda, que es fonamentava en la pròpia llàstima. De la llàstima va passar al menyspreu, i del menyspreu, al convenciment que era una nosa per a tots i que era tan prescindible com una burilla.

–Sóc una burilla –es repetia–. Si no existís, ningú no em trobaria a faltar, i com que existeixo faig fàstic i sobrevisc perquè m'enganxo als dits, i quan em volen llançar lluny jo m'hi arrapo; però ningú no m'estima ni em necessita.

A aquelles altures havia perdut de vista l'origen primer dels seus mals i es trobava tan tendrament protegit per la seva autocompassió com un cuc dins del capoll.

Va arribar al moment més baix una tarda de divendres. En Gaudenci va arribar de l'escola i es va ajeure al sofà sense esma, va deixar morir la mirada en la llunyania i va esfumar-se d'aquest món.

Mentre es repetia la consigna de la burilla, la mare el va destorbar.

–¡Gaudenci! ¡Eppp!

En Gaudenci va connectar amb el món dels vius, amb posat d'agonitzant, i va fer cara de profund patiment.

–Mira, he de sortir i en Marcel·lí no està gaire fi. Sisplau, vigila'l i estigues per ell. Tornaré d'aquí a una estona.

–¿I la Càndida?

–Se n'ha anat amb les amigues.

–¿I la Lucil·la?

–Ha anat a pintura.

No hi havia excusa. Ell, una burilla amargada de la vida, havia de fer de mainadera.

QUAN ES VA SENTIR l'espetec de la porta, en Marcel·lí, que era petit però no era tonto, va esclatar en grans plors.

En Gaudenci va fer un gran esforç i es va acostar al parc on en Marcel·lí plorava amb la desesperació de qui se sent indefens i abandonat i amb la convicció d'haver estat estafat. En Gaudenci el va entendre.

–Estic amb tu Marcel·lí, no som res, som unes burilles.

A en Marcel·lí no el van reconfortar les paraules del seu germà savi i va plorar més fort. Tanmateix en Gaudenci sí que es va sentir més reconfortat. Si ell era desgraciat, ¿com havia de sentir-se el pobre Marcel·lí?

Va néixer en ell la solidaritat i va concebre una idea rebel. El trauria del parc, de la seva presó incondicional, i li deixaria fer el que volgués.

En Marcel·lí va agrair la seva amnistia amb un somriure d'orella a orella. En tocar de grapes a terra es va posar el turbo i va sortir disparat de quatre potes. Es va posar dret arrapant-se a les faldilles de la taula i va anar per terra el primer gerro de la tarda.

Criss-crasss.

Va fer un soroll de mil dimonis i en Marcel·lí, que ja tenia les reaccions adultes interioritzades, va abaixar el cap esperant la reprimenda que no va arribar.

–Molt bé, Marcel·lí, així es fa, rebel·la't contra la teva vida de presoner de parc de menjador.

En Marcel·lí es va emocionar i va acceptar el repte. Va girar cua i, de quatre grapes i amb la directa, va anar de cap al test del rebedor que li tenia el cor robat. El va abocar i va començar a xalar de valent remenant la sorra i arrencant les fulles de la planteta una per una.

En Gaudenci seguia l'operació amb els ulls brillants.

–No et conformis, Marcel·lí. Hi ha moltes altres coses llamineres.

En Marcel·lí estava especialment receptiu i, deixant un rastre de baves, va posar el radar i es va dirigir a la cuina.

Plin-plan, patapum. Cloc.

–Fantàstic Marcel·lí. Això és la dignitat. ¡Molt ben fet!

En Gaudenci el va ajudar a trencar gots, a esmicolar plats i a esclafar ous. Al cap de poca estona no se sabia qui xalava més. En Gaudenci espremia tomàquets, s'empastifava de maionesa i ratllava pastanaga, que escampava per terra. En Marcel·lí estava fascinat i li reia totes les gràcies.

–Això és el que hem de fer, les burilles. Marcel·lí, la nostra vida és plena d'injustícies i de prohibicions. ¿Veus aquell pot? Doncs porta'l i farem un concert amb la cullera.

En Marcel·lí es va posar dret amb l'ajuda de la cadira, va calcular la distància que el separava del pot i no s'ho va pensar dues vegades, s'hi va llançar de dues potes.

En Gaudenci va quedar mut de l'emoció.

–¡Marcel·lí, has caminat! ¡Marcel·lí!

En Marcel·lí estava més sorprès que en Gaudenci i va caure de cul del descobriment. Les cames li servien per caminar.

Aleshores en Gaudenci el va posar dret i va enretirar-se unes passes.

–¡Hop, hop, vine cap aquí, cargolet!

En Marcel·lí no va vacil·lar i es va llançar als seus braços, i en Gaudenci els va tancar al voltant d'aquella coseta remenuda i el va omplir de petons. S'havia emocionat.

–Marcel·lí, camines, has fet alguna cosa important gràcies a mi. Tot era qüestió de saber trobar estímuls.

Els ulls d'admiració d'en Marcel·lí ho confirmaven.

En Gaudenci va fer una ganyota i en Marcel·lí va riure. En Gaudenci va gratar-se el cap i en Marcel·lí el va imitar. En Gaudenci va girar cua i en Marcel·lí el va seguir.

Hi havia una persona al món que l'admirava i el tenia en compte. Potser tenia poca matèria grisa però segur que era tan o més important que tots els altres.

–Marcel·lí, ¿vols que et llegeixi un conte?

I en Marcel·lí va dir:

–Tí.

En Gaudenci germà, papa, alliberador i rebel es va asseure a la catifa, amb el petit cargol bavós entre les cames, i va obrir les pàgines del llibre.

–¿Saps què faré aquest estiu, Marcel·lí? Doncs em dedicaré a llegir-te contes, perquè ets una mica inculte, i a ensenyar-te a nedar, per si de cas mai et perds en una selva i et persegueixen els lleons, i a parlar una mica, perquè ja està bé que no sàpigues dir «merda» i no puguis exigir els teus drets –va gratar-se l'orella–. Suposo que em quedarà temps per ensenyar el Llamp Atòmic a caçar, i per llegir-me els llibres nous d'Scott Gordon, i per aprendre a xiular amb els dits a la boca, i per assajar el cabe que no em surt gaire fi. Mmm... ¿I saps què? Em penso que em fa il·lu anar de colònies amb en Jordi Jardinet, la tenda, el sac i tot això, i..., mmmm, passar uns dies al poble de bèsties de l'Esteve Noguipis, i...

Aleshores es va adonar que en Marcel·lí, més pragmàtic, s'estava menjant el llibre.

Li va fer un petó i va quedar llardós de baves.

L'esperaven unes vacances fenomenals.

Índex